쓰지 않으면
죽을 거 같아서

일러두기
· 책에 실린 글들은 2016~2019년에 쓴 것이다. 직접 만나고 겪은 이야기에 할머니와 증조할머니로부터 전해 들은 이야기도 섞여 있다. 사회 배경상 1980년 5·18민주화운동처럼 특정 시점이 드러나는 글도 있고, 그렇지 않은 글도 있다.

쓰지 않으면
죽을 거 같아서

당신과
내 삶에 대한
이야기

이혜숙
지음

글항아리

머리말

2002년 느닷없이 식당 주인이 되었다.

둘만 낳아 잘 기르라는 나라의 지엄한 명을 어기고 넷을 두었다. 잔주름을 겨우 털어내고 숨돌릴 틈도 없을 때였다. 내 나이 쉰한 살이었다.

대차대조표를 쓴다면 항상 이윤이 넘쳤는데도 나는 왠지 먼 산을 바라보았다. 문을 닫고 바닥의 낙엽을 툭툭 차며 깜깜한 밤을 걸어 집으로 왔다.

털지도 못하고 수익 극대화에 팔을 걷어붙이지도 않으며 시간은 흘러갔다. 돈벌이의 황홀함은 이미 맛보았고 놓지도 들지도 못하는 시간에 나는 내가 비겁하다고까지 생각했다.

어느 날 식당 밖을 보니 데크에서 쉬고 계신 할머니는 내 스무 살 시절 세상을 뜬 증조할머니와 닮아 있었고, 흰 수염이 많은 넉넉한 몸피를 지닌 할아버지는 헤밍웨이의 모습이었다. 그 외에도 누구누구를 떠올리게 하는 무수한 사람이 왔다 갔다.

"조용히 해! 유관순 언니 왔어."

라는 말은 한복에 머리를 딱 붙여 묶은 여자 손님을 두고 한 것이었다.

그들이 뿌리고 간 느낌을 적기 시작했다. 비로소 리듬을 탈 줄 아는 줄넘기마냥 삶이 즐거워진 것이다.

그날 이후 시간은 겹쳐 지나가 지금 나이 예순여덟이 되었다. 식당을 하는 것이 내 꿈과는 멀었다고 말하고 싶어도, 이 책은 음식 만들고 손님을 맞는 틈틈이 쓴 것이기에 지난 시절을 탓할 수만은 없다. 이곳에서의 시간은 나를 먼 과거로까지 데려가 내 어린 시절의 엄마, 할머니, 증조할머니와도 만났다. 아마 소설을 쓰고 싶었으나 쓰지 못한 한恨이 사람과 시절을 모두 이야기로 적어내도록 만들었을 것이다.

그래서 고맙다. 꿈은 끝까지 쥐고 있을 일이다. 발굴해준 편집장에게 고마울 뿐이다. 만약 내가 이 책으로 인해 인세를 얻게 된다면 혼자서 아기를 키우는 여성들에게 바치고 싶다.

3부 되돌아보는 삶

1부 이런
사람들

우리 성님

우리는 그이를 성님이라 불렀다. 형님도 아니고 언니도 아니고 성님이라 부른 것은 우리가 그이와 일정하게 거리를 두는 말이 아니었을까. 성님이라 칭하며 올려주고 우리는 아랫사람이 되어 너그러움을 강요하지 않았나 싶다. 그렇게 해서 우리가 누리는 것은 성님이 김치를 담갔다고 하면

"놀러 갈까요?"

해서 거절할 수도 없게 성님의 치마폭을 마구 늘인 것이었고, 우리는 그만큼 영악했다. 투정과 응석과 떼와 애교를 섞어가며 옴짝달싹 못하게 올려놓고 우리가 한 행동은 자못 버릇이 없었다.

"성님 떡국 맛있게 하더라."

그러면 어김없이 좁은 집에 우리를 불러 모았다. 다들 학교에서 오는 자기 자식들까지 아파트 동 호수 일러 오게 했다. 떡국

뿐이랴. 주말에 오는 남편을 위해 꽂아둔 것까지 털어 먹고 아수라장으로 만든 집을 물러 나오는 시간은 다들 자기 남편이 집에 돌아오기 불과 몇 분 전이었다.

우리에게 베푼 것들은 성님 자신의 위로였을까? 어쨌거나 성님의 삶은 신산했다. 아들 보려고 낳은 자녀가 넷이었고 소원은 이뤘는데 살림이 어려웠다.

소문을 들으니 바깥양반이 노름을 한다고 했다. 공무원인데 섬으로 돌며 무료함을 화투로 달랬던지 습관이 되었고 그게 가난을 면치 못하는 이유라는 것이다. 주말에 가족이 모여 화기애애하기보다는 싸움 소리가 들린다고 했다. 어느 날 우리 몇은 성님의 울음 섞인 전화를 받고 달려갔다.

"적금 타서 애들 납부금 주기로 했네. 탄 돈 가져왔냐니까 되레 억지소리 안 하는감. 꼭 그런담 마시. 돈 잃고 나면 와서 나 잡고 애들 볶고 날더러 이제는 서방질했다고까지 하네."

그런데 성님의 머리 모양이 이상했다. 어제까지의 그 머리가 아니었다.

"머리가 왜 그래요?"

"듣다못해 내가 가위 들었네. 자고로 그런 짓 하는 년은 머리를 잘라 가두는 것이라고. 내 머리 자르라고."

"그래서 형부가 이렇게 해놨어요?"

"내가 바짓가랑이 아래서 잘랐네. 몹쓸 년은 이렇게 하는 것이라고."

우리는 함께 울었다. 같이 간 이가

"가발을 쓰려면 그렇게 자르면 안 되잖아. 여기까지 자르면 어떻게 해."

하고 울어 가발에도 어디쯤은 머리가 있어야 하는지도 알게 되었다.

며칠 뒤 안 나올 줄 알았는데 기도 모임에 성님이 보였다.

"성님 이쁘다. 파마 잘 나왔네. 물까지 들였구만. 어디서 했어요?"

누군가 묻는 말에 성님이 말했다.

"섬의 애들 아빠한테 가서 했네."

"섬도 파마 잘하네."

머리띠까지 단정하게 한 가발은 그 전 머리보다 한결 예쁘긴 했다. 사실을 아는 몇은 가만히 입 다물고 있었다.

성님이 매번 맞고 싸우고만 사는 것은 아니었다. 젊은 사람도 못 쓰는 비싼 화장품을 남편이 사줬다고 자랑하기도 했다. 젊은 것들이 놀렸다.

"나도 뺨 한 대 맞고 화장품 받고 싶다, 정말!"

선물 공세는 분란이 있고 난 다음 남편이 사과의 의미로 했다. 놀음으로 그보다 몇 배 몽창 날리고 달래는 방법이었다. 그런데 그게 끝이 아니라 반복의 연속이었다.

복잡한 성님네 집을 생각하면 안타까웠다. 우리는 차츰 성님네 집에 마구 쳐들어가는 것을 자제했다.

가을바람이 부는 어느 토요일이었다. 성님이 보통이 한 개를 안고 아이들과 있는 놀이터를 지나쳤다.

"어디 가? 성님!"

우리는 여전히 반가웠다.

"목포 가네."

"왜요?"

"주의보 내렸으니 여까지 왔다가는 못 들어간다고 해서 옷 가져다주러 가네."

"아들 막둥이 안 데려가시고?"

"혼자 오라는구만. 에이즈*가 창궐하니 본처가 대접받네. 목포

---

* 1981년 6월 미국질병통제예방센터CDC의 보고로 인간면역결핍 바이러스가 알려진 뒤, 국내에서는 1985년에 최초로 인간면역결핍 바이러스 감염인이 발생했다. 이 이야기의 시점도 1986~1987년경이다.

여관으로 가."

　가을, 누구든 부르면 달려가 아픔을 들어올려주고 어루만져주던 성님이 생각난다.

서옥렬 선생

선생님은 우스개소리를 잘 했다. 그냥 껄껄껄 잘 웃었다. 인물도 좋고 웃을 때 드러나는 치아도 건강해 보였다. 30년 징역을 살아서 뼛속까지 골병이 들지 않았을까 하는 것도 기우였다. 음식을 가리지도 않았다. 지독한 절약은 돈이 나올 데가 없어서였을 것이다. 소원은 오직 통일이었다.

만나는 사람에게마다 늘 하는 자랑이 있었다.

"내 마누라가 이뻤어. 나 남쪽에선 그런 인물 못 봤어."

처음에는 그렇겠거니 했다. 허리가 가늘고 얼굴이 예쁜 원산중학 교원 아내와 다섯 살, 세 살 두 아들을 두고 내려왔다가 다시 올라가는 도중 붙잡혀 장기 구금을 당했다.

징역살이 30년 동안 가족에 대한 그리움은 보름달처럼 한없이 부풀고 어느 귀퉁이 이지러짐 없는 밝고 아름다운 달은 기억이 희미해진 가슴으로 들어와 자리잡았을 것이다. 그 말도 여러 번 거듭되자 우리가 놀려주었다.

"통일되면 함께 올라갑시다. 그때 같이 봅시다. 거짓말인지 참말인지 금방 알게 되겠죠."

한때 지리산에서 빨치산 활동을 했던 고계연 여사*가 서 선생님 전해주라며 이불을 한 채 가져와 내게 맡겼다. 서 선생님 오시라 해서 말하니

"이 선생 쓰시오."

"선생님, 겨울에 난방비 무서워 춥게 지내실까봐 보내셨어요."

"난 말이오, 처자식에게 갈 때 들고 갈 수 있을 만큼만 필요해요."

사모님 것은 한복 한 감이라 했던가. 아들들에게는 시계를 선물할 거라 했다. 그 선물 가방이 마련되어 있는지는 모르겠다.

남을 주더라도 주인이 알아서 줘야 한다며 억지로 그에게 이불을 들려줬다. 선생님은 마지못해 가져갔다. 그러나 덮지는 않았을 것이다. 누구를 주었을 거라고 생각한다. 어디서 들어온 세

---

* 삼천포 부잣집 막내딸로 태어난 그녀는 한국전쟁 당시 아버지와 오빠, 동생을 찾으러 지리산에 올라가 3년간 빨치산으로 살았다. 토벌대의 집중사격과 국군의 사살, 경찰의 추적에도 살아남았으며 훗날 광주에 정착했다.

제, 구청에서 주는 쓰레기 봉투 하나라도 아껴 빈손으로 오는 법 없이 들고 오는 분 아니던가.

감옥에서 나왔을 때 몇 번 여자를 소개하겠다며 나선 사람이 있었는데 거절했다고 했다. 오매불망 원산에 있는 그 사람뿐이었다.

하지만 선생님 생각에도 통일의 기다림이 너무 길어졌을까. 어느 날 이런 말을 했다.

"감옥에서 나와 결혼했으면 자식이라도 키웠지 않겠소."

그날은 쓸쓸한 얼굴이었다.

무기수인 자신 때문에 동생, 조카들이 연좌제에 묶여 피해가 컸다고 했다. 어느 날 동생이 전화를 했단다. 같이 일하는 사람이 다쳐 병원비가 필요하다고 했다.

"나 죽으면 쓰라고 조금 저금해두었던 돈 보내줬어요."

"잘 하셨어요. 돌아가셨을 때의 일 걱정까지는 하지 마세요. 경미랑 우리가 해요. 형편이 안 되면 거적에 말아 묻는 방법도 있어요."

우리는 농담도 하는 사이였다.

생일 밥을 차려드린다 했더니 머플러를 사오셨다. 마음에 드느냐고 물으셔서 그렇다고 답했지만 사실 선생님의 돈이 아까웠다. 나갈 때 주방 쪽을 보더니 일하는 사람이 몇이냐고 물었다.

"왜 물으시는데요?"

"맛있는 밥을 줬으니 나도 선물을 해야지. 이 선생 거랑 같은 머플러를 사겠소."

"부엌 언니들 오십 명인데요. 오십 개 사오든지 마시든지 하세요."

등을 밀어 보냈다.

어느 때부터인가 우리끼리 하는 얘기가 있다.

"선생님 좀 변했지?"

통일은 이뤄지지 않고 시간은 흘러 아흔이 넘었다. 껄껄껄 웃으며 원산의 아내를 안아줄 몸은 날로 야위었다. 이런 날도 있었다.

"이 선생, 나 여자 한 명 소개해주시오."

"젊어서 권할 때는 마다시고 지금 그 어려운 일을 부탁하세요?"

좀처럼 풀릴 기미가 없는 남북 문제에 절망을 했을까. 가끔 선생답지 않은 실언을 하기도 했다. 학보사 기자로 선생님을 만나 지금까지 소리 없이 살피는 경미에게 내가 한 말이 있다.

"북한이 훈민가를 입에 달고 살까. 거기 사는 두 아들이 돈 없고 쇠약한 아버지를 반갑다고만 할까?"

송환이 된다 해도 슬슬 여러 가지가 걱정되었다. 오래전부터 사두었던 시계와 한복감은 우리가 시대에 맞춰 바꿔 담아준다 해도 죽기 직전인 삭은 아버지를 극진히 모실까. 눈물겹게 기다린 상봉이 저쪽 자녀들에게도 같은 무게로 귀하게 여겨질 것인가.

여자를 만나 가정을 이루고 싶다 했던 때에 나는 쌀쌀맞고 야박하게 말했다.

"북한은 어떤지 모르겠어요. 그치만 남한은 결혼하면서 주판을 둬요. 안 맞으면 안 해요. 선생님은 주판이 안 맞아요!"

아흔두 살의 명절을 앞두고 선생님은 갔다.

혼이라도 훨훨 날아 북녘으로 가라고 빌었다.

그것밖에.*

---

* 서옥렬 선생은 2019년 9월 11일 오전 9시 42분 고문 후유증으로 세상을 떠났다. 전남 신안 출신으로, 고려대 경제학과를 다니다 한국전쟁 때 북한 인민군에 입대했다. 1961년 공작원으로 남한에 파견됐다가 붙잡혀 감옥에서 29년을 보냈다. 출소해 광주광역시에 살면서 전국의 민주화·통일·인권 운동 현장을 다녔고 기록과 연구, 교육과 저술활동을 이어갔다. 지은 책으로 『정치경제학의 기본』 『토막일지』가 있다.

동아실 아짐네 여시

용강 할머니의 둘째 며느리 동아실댁이 우리 이웃이 되었을 때 할머니는 척하고 알아봤다.

"수범이가 지집계집 치레 했구나. 살림 불릴 여자다."

살림 솜씨나 언행이 똑 떨어져 할머니는 동아실 아짐을 자주 입에 올렸다.

산 넘고 물 건너는 동아실 예마당 소문이 우리 마을까지 들려왔다. 동아실 아재는 체體가 작았다. 늠름한 것과는 거리가 먼, 사모관대에 푹 빠진 새신랑을 보고 그 집안 어른이 한마디 했다.

"진국네 나와라. 눈구멍을 파야겠다."

그 정도로 아재는 용모로 처가 사람들을 실망시켰다. 사위를 선보러 와 그만하면 쓰겠더라며 딸 주기를 허락한 동아실 아짐 어머니 진국댁은 딸을 보낸 서운함보다 집안 어른들의 공박이 더 힘들었다.

우리 동네 함평 이씨들은 발끈했다. 같이 있을 때는 서로 항렬 높으면 다냐, 나이 먹었다고 그러냐, 시기와 오기로 찌룩째룩 하다가도 외부 공격에는 못 참았다. 머리를 맞대고 뒷발질하는 얼룩말처럼 한목소리를 냈다.

"흥, 홀어미가 여기로 보냈으면 됐지. 술을 먹어, 담배를 피워. 논 떼주고 집 사주었으면 됐지 뭘 더 바래."

동아실 아재가 아짐 맞기에 결코 뒤지지 않는다는 조건들을 차고 넘치게 내놨다. 집성촌의 특징이다.

아무튼 부부는 오막살이일망정 이웃이 되었고 넌지시 지켜본 마을 어른 할머니의 총애를 받았다. 두고 보라던 할머니의 예언 처럼 근면한 부부는 거의 매년 전답을 불려나갔다. 모은 것에다 좀 부족한 것은 빌려 땅을 사 갚아나가며 신바람을 냈다. 그러나 오두막까지 얼른 헐고 짓지는 못했다. 소출 나오는 땅에 좋은 집을 지어 누리고 사는 것은 아직 이르다고 부부는 생각했다.

애들 셋과 좁은 방에 살던 아재 부부는 아래채 잿간 한켠에 흙벽돌을 찍어 방 하나를 만들어 애들을 재우기로 했다. 아이들 은 떠들고 웃었지만 잠은 쉽게 들지 못했다. 무섭다고 곧잘 우는 것이었다. 자는가 하면 소리 질러 불렀다.

"엄마!"

"어서 자!"

마당을 건너야 하는 소리는 클 수밖에 없다.

"엄마, 뭐 먹어? 먹는 소리 나!"

"밤인데 뭘 먹어. 어서 자!"

"엄마 먹는 소리 나. 먹잖아!"

"먹기는 암것도 안 먹어!"

"엄마 고구마 먹어?"

"이 여시 같은 년, 안 먹어. 어서 자."

"엄마얏, 여시?"

셋이 맨발로 마당을 딛고 달려오는 바람에 또 함께 잤다고.

"여시는 언제 봤다고 그리 무서워할까요잉."

동아실 아짐은 곧잘 할머니 앞에서 하소연했다.

연희야, 연희야

20대부터 60대까지 있는 글쓰기 모임의 총무가 연희였다. 그때 나이가 30대 중반으로 미혼이었다. 머리는 언제나 단발이고 해맑은 피부가 아니면서도 화장을 전혀 안 했다. 언젠가 어딜 함께 갈 때 입은 셔츠의 목 언저리가 하얗게 탈색되어 있었던 걸 기억한다. 언제나 바지고 운동화였다. 젊은 아이 몇은 꽤 멋을 부렸다. 연희는 차림에 전혀 변화를 주지 않았고 우리도 익숙해졌다. 총무 일을 정확하게 보는 연희였다.

　시외에 함께 갈 일이 있었는데 차가 없는 사람들이 있었다. 어디서 누굴 만나고 경유해서 어디 앞에서 누굴 싣고 어디 주차장이 한가하니 인원 점검을 한 다음 떠나자고 했다. 일일이 집에서 나설 시간을 일러주었다. 그녀가 진행하는 일은 어느 것이나 꼼꼼하고 치밀했다.

끝나고 나면 작은 노트에 거둔 돈과 쓴 돈, 남은 돈을 적고 발표했다. 이런 모습이 거듭되자 겉치장에 신경을 쓰지 않는 것도 좋게 보였다. 호들갑스럽지 않은 언어, 빠지지 않고 나오는 성실함, 과제를 충실히 해오는 것 등으로 마침내 그녀는 수직으로 올라가 나이 든 회장이며 선생님 등과 함께 모임의 든든한 축이 되었다. 그러기를 몇 년, 연희가 마흔을 바라보는 나이에 접어들었다. 오지랖 넓은 나는 늘 걱정이 되어 말했다.

"좋은 남자 찾아봐줄까?"

주위를 보건대 글 쓰는 것이 인생을 뒤집는 것은 결코 아니었다. 꿈의 시작은 즐거웠으나 성과는 지리멸렬했다. 그 모임도 시작한 지 꽤 오래되었다.

글쓰기 선생님의 지인이 특강을 한 날 함께 밥을 먹었다. 그분은 글쓰기 멤버들에게 무슨 일을 하나 묻고 그냥 부모 곁에서 글 쓴다는 몇에게 고고한 척하지 말고 나가서 독립하라고 했다. 내 밥은 내가 버는 게 옳다며 식당에 가서 설거지라도 해야 한다고 말했다.

마침 어떤 자리가 있어 연희와 통화를 했다.

"부모님 생각해서라도 결혼 생각해야 되지 않아?"

연희가 평소보다 더 낮게 나를 불렀다.

"왜?"

"저 사람 있어요."

"그래? 좋은 일이네. 잘했어, 잘했어."

그런데 분명 전화 끝에서 연희의 한숨 소리를 들었다.

몇 년이 지나고 연희가 통보를 해왔다. 이사를 간다는 것이었다. 낡은 수첩과 잘 철해진 영수증 다발을 내놓고 더는 총무를 할 수 없다고 했다. 그사이 그녀는 몇 가지 직업을 갖고 돈을 벌었다. 여론조사 기관에서 일할 때는 한두 달 일을 몰아서 끝내고 시간을 벌어 다른 일에 썼다. 봄에는 지리산 아래 고로쇠 식당에서 보름쯤 일하고, 여름에는 뜨거운 볕 아래서 청양 고추 따는 일을 20일쯤 했다. 연희가 하는 일은 극기훈련 같은 것이었다. 그 돈을 조금씩 나눠 쓰며 일 년을 보냈다.

그런 그녀가 전남 구석의 어느 도시에 작은 아파트를 마련했다고 했다. 당연히 물었다. 결혼하게 되었냐고. 고개를 저었다. 남자는 어느 종교에 몸담고 있다가 나온 사람인데 전국을 떠돌며 집 짓는 일을 한다고 했다. 가끔 그녀도 그의 부름으로 현장에 가서 밥해주는 일을 하기도 한단다. 우리는 그들이 결혼이라는 울타리를 조성하려는 움직임일 거라고 짐작했다.

이사를 간 뒤 연희는 자연 나오는 것이 뜸해졌고 남아 있는 모임도 슬슬 힘이 빠졌다. 연희가 갔을 뿐 변화는 없을 줄 알았다. 우리에게 과제를 알려주고, 올 수 있는가 묻고, 어떤 간식이 좋겠냐던 것이 그렇게 클 줄 몰랐다. 누가 식혜를 가져오겠다고 하면 관리하는 공동 회비로 약밥이나 떡을 사왔다. 명절 뒤 사과를 가져오겠다는 사람이 있을 때 그녀는 조용히 접시와 칼을 준비해왔다. 가끔 동네 앞에 정갈한 집이 생겼다며 김밥을 사오기도 했다. 우리 만남은 조용하고 소박하며 꾸준했다. 나름 모임의 이름에 자부심도 가졌으며 누군가 활활 타오를 날도 있을 거라 기대했던 터였다.

어느덧 이사 가는 누가 있고, 또 누구에게 핑곗거리가 생기는 일이 늘면서 서로를 이끌어주는 힘이 느슨해졌다. 만남의 간격은 격월이 되고 반년이 되었다. 드디어 공식적인 논의 없이 모임은 해체되었다. 그나마 갈증을 풀어내던 곳이었건만.

몇과 회동하여 연희를 만나러 가기로 했다. 그녀가 사는 곳은 지방 도시의 13평짜리 아파트. 여전히 극한 직업이라 부를 식당일, 여론조사, 고추 따기를 한다고 했다. 연희가 우리를 마중 나왔고 허름한 주택들을 지나 그녀의 아파트에 들어섰다.

대여섯이 겹치듯 신을 벗고 들어간 연희 집. 공식적인 선포는 없었다 해도 침대나 커튼이나 식탁에 찻잔이 나란히 놓인 집을 그린 것은 터무니없는 상상이었을까. 다른 사람들은 어떤 생각을 했는지 모르겠다. 나는 썰렁한, 정말이지 살림이라곤 하나 없는 그런 집은 처음인 곳에서 신을 벗고 첫발을 디딘 자리, 뒷사람에게 밀려 몇 발짝 더 간 자리에 앉다가 다시 밀려 엉덩이로 조금 더 움직인 곳에 그대로 앉았다.

잔이 부족하다며 밥그릇, 국그릇, 찻잔이 동원되어 녹차가 돌려졌다. 연희가 쑥스러워했다면 꾸역꾸역 들이민 우리가 어색했을 것이다. 여전히 마르고 인중이 길고 검은 점 몇 개가 더 두드러진 연희는 저를 잊지 않고 이곳까지 와주셔서 고맙다는 인사를 했다.

그러고는 예전처럼 늘 나누던 얘기를 했다. 아무것도 없어 깔끔하다기보다는 누추한 오래된 아파트에서 저녁때까지 잘 놀았다. 오지랖 넓은 내가 아닌 다른 사람이 물었다.

"연애는 잘되고?"

"네, 다녀갔어요."

"그래? 이런 데서 뭐 먹고 살았어?"

궁금한 것이 터져나오고 있었다.

7~8년 모임을 하는 동안 간간이 흘린 말 속에서 아버지, 어머니에 대해서도 짐작할 수 있었다. 연희 부모는 도시에 애들 셋을

두고 공단이 있는 바닷가에서 직장을 다니고 휴일이면 올라왔다. 치우고 반찬 챙겨주고 내려가는 생활이었다. 언니가 결혼하고 남동생이 서울로 진학하면서 연희는 그 집을 지키다가 부모님이 퇴직하여 올라오시고 몇 년 같이 살다가 독립을 한 것이다.

들어보니 생활이 어려운 것은 아니며 가족 모두 자세가 반듯한 사람들 같았다. 그렇지만 살림이라고 한다면 기본으로 있어야 할 것조차 보이지 않는 집에서 연희의 얼굴을 자꾸 쳐다볼 수밖에 없었다.

"그동안 부모님께 해드린 것도 없고 신세만 졌잖아요. 간섭 없이 누리고 살 마음으로 나온 것도 아니고요. 살아보니 살 만해요. 이렇게 사니 우선 시간이 많이 남아요. 최소한으로 사는 것은 그 사람이 종교에 몸담고 있을 때 같이 했던 거고요."

사랑은 따라 하는 것이다. 그래서 우리는 그 사람이 궁금한 것이었다.

"와서 여기 있었어?"

"얼마 전 태풍 있었잖아요. 일을 못 하자 집으로 왔는데 산 밑 집이 문은 떨어져나가고 온갖 쓰레기며 나뭇잎으로 뒤덮였나봐요. 여섯 달을 치워도 다 못 하겠다며 가도 되느냐 물었어요. 일주일 지내다 갔어요."

보고 싶어서 온 게 아니고 태풍 때문에? 나는 그렇게 묻고 싶었다.

경제적 능력이 있는 사람은 아니었다. 자연친화적인 집 짓는 그룹을 따라 전국을 다닌다는 사람. 어찌어찌 산 밑에 집 한 칸은 가지고 있다고 듣기는 했다.

"뭘 먹고 일주일 살았어?"

"해서 먹기도 하고 시켜도 먹으면서 있었어요."

"결혼은 언제 할 거야?"

"아직은 그 사람이 준비된 게 너무 없어서요."

"니가 한 달에 오백 있어야 사는 사람이냐? 이렇게 사는 데 돈은 뭣이 필요해."

"워낙 그곳에 오래 있던 사람이라 마음의 준비도 필요한가봐요."

"준비는 둘이면 되는 거 아닐까. 연희야, 사랑이라는 것은 서로 걱정해주는 거거든. 너 이렇게 사는 것 보고 뭐래? 생활비라도 좀 주고 가?"

"아직 그 친구 형편이……."

"그니까 하다못해 여섯 달 후에 오니까 이거라도 가지고 있으라면서 30만 원이라도 준 적 있냐고."

급기야 우리는 돌아가면서 옛 총무를 심문하기 시작했다.

"서로 마음은 확인했어요."

"언약도 없이 처녀 집에 자고 가는 사람은 무책임한 거라고!"

"사방팔방으로 떠돌다온 사람이 네 몸을 탐한 것은 사랑이 아니어도 가능해!"

우리의 훈수는 좀 거칠어지기까지 했다. 연희가 고개를 숙이고 눈물을 뚝뚝 흘렸다.

"지금은 아니지만 그가 사회에 적응하고 안정되면 그러리라 믿어요. 아직은 그에게 힘이 없어요."

"사랑엔 책임도 따라야 해! 몇 년 몸담은 생활을 버리고 나올 때 그도 힘들지. 괴로워하고 하소연할 수 있다고. 진심인 것은 맞지만 사랑하고는 상관없는 일이야. 넌 그 사람이 안타까운 거라고. 너는 태생적으로 누구에게나 헌신하는 사람이야. 그분이 빈말이라도 언약을 안 한다며. 돈 없어도 돼. 부모님이 이미 포기한 너 아니냐? 일 년 써보니 돈이 남아서 미나리 뽑는 것은 관뒀다며. 다시 미나리깡에 가. 일 년에 한 번 올까 말까 한 사람 곯으면서 기다리기만 하는 일 언제까지 할 거냐고."

"지금은 그럴 수 없어요. 이제까지 생활하던 곳에서 나와 힘들어하고 자기 학대가 심해요. 제가 지켜주는 것이 옳아요."

우리는 연희를 생각한답시고 막차가 올 때까지 이러쿵저러쿵 떠들다 왔다.

"바보 천치 같은 것!"

그 사람이 부르면 가고 소식이 없으면 한없이 기다리며 도서 관을 드나들던 연희가 자격증 하나를 따서 지자체에서 근무를 시작했다는 소식이 들렸다. 그나마 다행이라 여기며 충고를 귀담아듣지 않고 그렇게 사는 것도 팔자소관이니 그만 잊자 하고 시간이 흘렀다. 어느 날 문득 전화를 걸었다. 그새 몇 년이 흐른 뒤였다.

"잘 있어?"

"네."

"계속 거기서 살 거야?"

"네."

목소리가 예전처럼 기어들어가지는 않았다.

"그분은 잘 계시고?"

"그러겠지요."

"무슨 대답이 그래?"

연희는 다른 답을 했다.

"선생님 이 일이 좋아요. 당분간 여기서 일에 충실하려고요."

바란 일이지만 허탈했다. 누가 자격이 없다고 했나. 연희 좀 잡아주란 것이었지.

"동생이 그 사람 일하는 곳에 찾아갔더래요. 친척이라 부르게

해달랬더니 대답을 안 하더래요. 나쁜 사람은 아녜요. 형편이 그
랬을 거예요."

"지금도 기다리는 거야?"

들리지는 않았지만 연희가 웃는 것 같았다.

"아니요."

잠시 침묵하더니

"지금 이 일이 좋아요. 보람도 있고 적성에도 맞는 것 같아요.
열심히 살게요."

이번에는 연희가 나를 설득하고 있었다.

유정 할머니

"두고 봐라, 뭐가 돼도 되고 말 것이다."

"그 여편네는 가리사니_{사물을 분간하는 지각}가 없느니라."

할머니가 누구를 평하는 말이었다. 지금 같으면 좀 위험한 말
도 마루에 앉아 서슴없이 했다. 어머니는 아예 신척하지<sub>이것저것
아는 체하지</sub> 않았다. 어른 말에 토 다는 사람이 없던 시대였다. 지
나는 사람에 대해서뿐만 아니라 어머니도 고약한 평가는 못지
않게 들었다. 그런 할머니가 애매하게 말하는 사람이 한 명 있
었다. 창시_{창자, 속이 차 있다는 말}가 있는 것인지.

평소 명쾌하고 간결해서 듣기만 해도 그 사람을 짐작할 수 있
는 이름을 지어버리는 게 할머니였다. 그런데 유정 할머니에게
만큼은 달랐다. 끝이 흐렸다.

유정 할머니는 친정 동네에 와서 살았다. 딸 둘은 출가하고

아들은 전쟁 때 잃었다고 했다. 장터에서 마을로 들어오는 길에 있는 작은 초가집이 그 할머니 집이었다. 골목에 보라색 꽃이 피는 오동나무가 있었다. 나무는 크고 길은 좁아 그늘이 지고 습했다. 그래서인지 기분 좋은 향이 골목에 갇혀 오래갔다. 그 은은한 향은 내가 한 살 한 살 더 먹어가는 것에 대한 기대를 품게 했다.

이다음에 커서 마을을 떠난다면 진학하러 도시로 가거나 결혼하게 될 때일 거라는 생각을 했다. 그렇게 내가 다시 올 때도 이런 향기가 났으면 했다. 결혼하여 남자와 같이 이 골목을 통과한다는 상상도 기분 좋았다. 내가 좋아했던 길이라고 말해줄 것 같았다.

양쪽 나무뿌리가 길로 뻗어 힘줄처럼 드러나 있었지만 항상 다니던 길이어서 걸려 넘어지는 법은 없었다. 나무가 우거져 하늘이 잘 안 보이던 길은 늘 축축하게 젖어 있었다. 어쨌거나 내가 초등학생이었을 때 오만 갈래로 생각을 키워나갈 수 있었던 데에는 그 골목도 한몫했다. 유정 할머니가 사는 집 앞 길이기도 했다. 가끔 사립 앞에 서 있다가 학교에서 오는 내게 더우니 물이라도 먹고 가겠냐고 묻기도 했다.

할아버지는 장날이면 그만 취하는 일이 많았다. 잔등을 넘어 내려오는 소리가 요란했다. 술이 들어가면 을러댈 사람이 머릿

속에 줄을 서는지 할아버지는 늘 화를 냈다. 유정 할머니는 문 앞에 나와 할아버지에게 말했다.

"오라버니, 또 술 드셨네."

"응, 조금. 동생 아주 조금."

"성님 속상하게 하지 마시고 어서 들어가 주무세요. 오라버니, 앞으로 술 좀 줄이시고요."

"동생, 알았어. 알았어."

다른 사람이 말을 걸었다면 네가 뭐냐고 시비를 걸 할아버지는 유정 할머니 앞에서만큼은 유순해졌다. 누구도 무서워하지 않던 할아버지가 날개를 펼치고 잔등을 넘어오다가 자기도 모르게 가만가만 걸어 내려왔다. 유정 할머니께 깜짝 들키면 너털 웃음을 지었다.

"동생, 피치 못할 사정이 있었어. 꼭 한 잔만 했어."

곱고 다정하고 가녀린 몸의 유정 할머니는 마을 앞에 우두커니 서 있을 때가 많았다. 그 할머니는 아랫동네를 지나 광주로 가는 신작로를 쳐다봤다. 봄이면 차 다니는 길에 뿌연 먼지가 일었다. 계절이 바뀔 때 유정 할머니가 찻길을 보며 서 있는 시간은 더 길었다.

"창시가 있는 여잔지."

그 모습을 보며 할머니가 하는 소리였다.

마루도 없이 그 자리에 평상이 있는 유정 할머니 집은 방이
두 개였다. 살림도 별반 없는 가난한 집이었으나 유정 할머니 모
습은 궁상스럽지 않았다. 타고나기를 곱고 자태가 좋았다.

남편 일찍 가고 아들마저 잃었을 때 그 동네서 고개를 들고
사는 것이 부끄러웠다. 마을을 뜨고 싶었다. 하지만 할머니에게
더 멀리 내딛을 용기는 없었다. 타향에 가본 적도, 가서 벌어먹
고 살 수 있는 재주도 없었다. 무슨 일이 있으면 이제는 바삭바
삭 부서질 것 같았다. 죽으면 좋으련만 자기보다 더 어린 나이에
과부가 되어버린 며느리 때문에 살 수밖에 없었다. 당분간 부둥
켜안아서 지켜주고 싶었다. 친정과 시댁을 오간 것이 바깥출입
의 전부였다. 기껏 온 곳이 멀지 않은 친정 마을이었다. 마을 사
람들은 허리가 끊어질 듯 여위어 온 출가외인을 따뜻하게 맞아
주었다. 소문을 들었으나 들춰내는 사람은 없었다. 그들이 힘을
얻기를 조용히 기다렸다.

역시 핏줄이 같은 갈래인 친정 마을이었다. 여리디여린 며느
리가 측은했다. 갓 스무 살에 혼자 된 며느리랑 죽이면 죽 밥이
면 밥을 먹으며 죽은 듯이 사는 둘이 한발 한발 밖으로 내딛어
나오기를 마을 사람들은 조용히 기다렸다. 그즈음 읍내로 넘어

가는 길에 무슨 공사가 들어왔다. 누가 살림을 염려하여 소개를 했고 고부는 인부들에게 밥을 지어주게 되었다.

"그것이 일판이었니라."

고부는 일 년 정도 바빴다. 시장을 봐 나르고 밥하고 그러면서 남는 것은 틈틈이 마을 사람들도 불러 먹였다. 일 년의 기한이 끝나고 인부들은 갈 채비를 했다. 유정 할머니는 또다시 슬픔에 빠졌다. 자식처럼 대했던 젊은 사람들이 떠난다고 생각하자 잠시 잊었던 충격과 아픔이 되살아났다. 이제는 웃음도 되찾고 살아갈 자신감도 생겼는데 정든 사람들과 헤어질 생각을 하니 서운함을 이겨낼 수가 없었다.

"어떤 한 놈을 꼽고 있었던갑더라."

떠날 날이 임박했을 때 유정 할머니는 한 사람을 조용히 불렀다.

"여지껏 말하는 것 들어보니 혼자 사는 것 같던데 내 며느리 어떻게 생각허요? 몇 달 못 살고 아들이 죽었어요. 처녀나 다름없지요."

부러 사정하면서 맡긴 며느리였다. 누가 그 깊은 내막을 알까만 유정 할머니가 먼 산을 보고 있을 때 사람들은 수군거렸다.

"어떤 홀애비가 마다겠오? 지혜 없는 짓이지."

유정 할머니는 어떤 사람의 말에도 대꾸를 하지 않았다. 그냥 그들이 함께 떠난 길만 보고 있었다. 그리고 해가 지면 돌아섰다. 그렇게 몇 년, 10년, 20년이 흘렀다.

할머니는 누구를 기다린다는 말도 하지 않았다. 서리가 내린 날도 그렇게 서 있다 들어가면 사람들은 말했다.

"그놈이 자식 노릇 할 줄 알았는갑더라. 며느리도 딸자식같이 볼 수 있고. 한번 가서는 소식이 없다."

"그놈이 어떤 놈인지 알 것이냐."

등 뒤에 쏟아지는 말들을 모른 체하며 유정 할머니는 하냥 서 있다 돌아갔다.

"혼자 살아봐서 보냈는디, 자기가 팍팍해봐서 보냈는디, 그년 이 독하게도 안 생겼더라만 한번 연락이라도 해와야지."

할머니가 말했다.

"누군지도 모르는 놈에게 며느리 줘 보내는 저 사람 창시가 어떻게 생긴 건지······."

방촌댁

내가 어린 신부였을 때다. 뭣 모르고 방촌댁에게 방자하게 물었다.

"재혼할 거면 왜 이런 시골로 오셨어요?"

방촌댁의 시선이 나를 꿰뚫듯 보았다.

"이봐 선생댁, 내가 아들 둘을 데리고 오는 입장이었어. 이놈들 눈치 안 보게 하고 밥 먹이려는데 어떤 똑똑한 놈이 날 받아줄까? 내 자식 눈에 눈물 안 빼려면 내가 어떤 놈을 고르겠어."

내 나이 서른 아래였다. 아직 사랑받는 아내였을 때다. 그 시절 나의 사랑은 크고 위대하고 고상했다. 그래서 꺼들댔을까. 그만 그런 실수를 한 것이다. 다행히 방촌댁은 빨리 잊어주었다.

방촌댁 토방에는 지푸라기 하나 콩깍지 하나 흘려 있지 않았다. 작달막하고 팡파짐한 몸을 구부리고는 늘 싹싹 쓸었다. 돌틈새 틈새 구석구석을 쓸어대는 그 집 비는 몽당비였다. 장독은 반짝거리고 주위로 맨드라미가 피었다. 잿간으로 가는 마당 한쪽에는 호박 넝쿨이 뻗었다. 옆의 봉숭아를 감아 올라가지 못하도록 일어나면 순의 방향을 옆으로 돌려놓았다. 경계선을 칼칼하게 구분짓지 않았다. 무성한 호박 옆에 봉숭아도 다복하게 꽃을 터뜨렸다. 담 옆으로 어느 해부턴가 수선화가 피었다. 어디를 가서 눈에 든 꽃이 있으면 작은 것을 얻어와 정성을 다해 키웠다. 방촌댁 손끝에서는 안 되는 것이 없었다. 집 안팎을 깔끔히 해 밥알 떨어뜨려도 주워 먹을 수 있게 해놓고 살았다.

부지런한 방촌댁은 얼마 안 되는 밭을 잘 가꾸었다. 원래 돌이 많은 산중 비탈진 밭이었다. 바위 파내고 베갯덩이 같은 무거운 돌을 들어내고 주먹만 한 돌을 줍고 자갈 줍고 나중에는 손톱만 한 돌까지 밤낮으로 삼태기에 담아 가장자리에 부었다. 흔한 돌밭이 아니라 끝내 체로 친 것처럼 몽근 밭을 만들었다. 자연 좋은 땅이 되어 심는 것마다 잘되었다. 이랑도 예쁘게 지어 상추, 쑥갓, 대파, 갓, 시금치, 마늘을 마치 꽃밭처럼 가꿨다. 먹고 남는 것은 장에 나가 팔았다.

동네 길바닥 종이 쪼가리 하나도 주워 주머니에 담아 버릴 곳에 버리는 방촌댁을 맞은 아저씨는 몇 년 못 살고 죽었다고 했다. 고생은 했으나 데리고 온 두 아들이 잘 컸다. 의젓하고 키 꼴기가 큰 몸집하며 말마다 구성졌다.

어느 날 밤 마실 온 방촌댁이 말했다.

"내가 아들한테 물었어라. 환타는 뭣으로 만든다냐, 했더니 내가 알 것이오? 헙디다. 그러더니 오늘 장에 갔다옴서 한 박스를 자전거 뒤에 묶어 왔어라. 열두 병입디다. 뭔 이런 것을 이렇게 많이 샀다냐, 했더니 엄니가 뭣으로 만든다냐, 안 했소. 여러 병 먹어봐야 알제 한 병 갖고 어찌 안다요, 해라. 환타를 배터지게 먹어봤소만 알든 못 허겠습디다. 잡솨보고 알면 말해주씨오."

치마폭에서 가만히 환타 한 병을 내놓고 한 말이었다.

아들 둘 눈치 안 보고 밥이나 얻어먹일 자리가 산중 방촌 양반이었는데 몇 년 못 살고 죽었다. 간 김에 한 번 더 갈 수는 없었다. 와서 방촌 양반 자식 하나 낳고 계모도 어미라 부르는 또 다른 자식도 있어 누구는 두고 누구는 데리고 갈 수도 없이 자식이 주렁주렁 열려버렸다. 이 자식 저 자식 구별 없이 가르치는 것은 그만두고 밥이나 먹자 하고 살았다. 딸들은 일찍 시집보내고 아들은 남의 집 꼴머슴이 되었다. 아들들의 행동거지가 발랐다. 특히 큰아들은 마을 사람 모두가 칭찬을 했다. 인사성 바르고 가만가만 우스갯소리까지 잘하고 인물도 훤해 없이 사는 티가 안 났다.

방촌댁이 푸성귀라도 이고 나가 장에 벌이고 앉으면 역시 품이라도 팔러 갔던 아들이 신문지에 싼 풀빵을 내밀었다.

"엄니, 장에서 제일 고급진 것이니 따땃할 때 꼭꼭 깨물러 잡숴."

어머니가 혹여 밥이라도 거를까봐 어느 틈에라도 얼른 들여다보고 갔다.

동생이 무슨 일로 경찰서에 가 며칠 있다 왔다. 밤에 경운기를 부릉거리더니 형이 동생한테 타라고 해 들판을 달렸다.

"왜 황룡강에 빠칠라고 그래? 잘못했다니까, 형."

"아녀, 환영하는 것이여. 도독놈 싣고 대낮에 돌겄냐. 내가 너무 좋아하면 동네서 도둑질해서 식구 먹여 살린 줄 알 것 아녀. 그러냐 안 그러냐."

동생은 누명을 벗었다. 형은 너그럽고 정이 많았다. 젊은 어머니와 동생들을 지키는 굿굿한 아들이었다.

어느 해 두 아들은 마을을 떴다. 논이라도 조금 있으면 어머니 곁을 지키고 싶었으나 시골 일은 농한기를 지내고 나면 농번기 때 번 돈이 들어가버리는 구조였다. 누가 소개를 하고 아들들은 어머니 곁을 떠야 한다는 결론을 내고 갔다. 가면서 이장

집에 들러 어머니를 간곡히 부탁했다는 말이 들렸다. 방촌댁은 혼자 남아 봄에는 나물 뜯고 작은 돼기밭을 가꾸며 살았다. 어렵던 아들들도 없고 비로소 그때그때 그 일을 말하기 좋아하는 사람들이 마음 놓고 슬쩍 내놓았다. 그러나 입을 봉하기로 한 약속을 깨는 이는 외려 듣는 사람에게 혼쭐이 났다.

방촌댁은 호만둥 할배와 눈이 맞았다. 내가 시댁살이 반년 지나고 일요일이면 드나들다가 마을 사람들을 거의 다 꿰게 되었을 때 그 둘이 누구누구인가도 구별하게 되었다. 오래전부터 시작되었는지, 이제 막 시작하려다 그 꼴을 당했는지는 모르지만 그 사건은 너무 쉽게 잠잠해져버렸다. 나중에 알고 보니 싹수 있게 자라는 아들 둘 때문에 어른들이 덮자고 했단다.

방촌 양반은 집성촌에 살게 된 타성他姓이었다. 그리고 그 아들 둘은 아비가 누군지 모르는 재취댁이 데리고 온 자식이었다. 오기 있고 시비 많은 집성촌에서 무시당해 마땅한 타성받이에 없이 사는 집이었다. 아들은 비가 노드락같이 오는 날 생쥐 꼴이 되어서도 들판을 돌아다니며 논에 간 김에 다른 사람네 물꼬까지 다 살폈다. 달랑 내 일만 보는 젊은이가 아니었다.

불이 안 들어온다 하면 달려와 전구도 갈아주고 두꺼비집도 열어 해결하고 경운기나 자전거도 읍내 갈 것 없이 봐주고 오다

가다 만나면 무거운 짐 냉큼 들어다주었다. 마을 사람들 생각은 나무랄 데 없이 크는 두 청년보다 방촌댁이 내세울 것 없는 늙은이가 된다는 사실에 더 미쳤다. 가장 현명한 방법을 궁리했다. '그 엄니 진구렁에 넣고 밟으면 오히려 이쪽이 얼굴을 못 들 날이 올 거'라는 생각이었다. 그렇게 일치되어 그 일은 마을에서 덮기로 했다.

그러나 비밀을 지킨다는 것은 떠벌리기보다 어려워 방촌댁과 타시락거리던 한 여자가 통쾌한 제압이라고 생각했던지 내뱉었다.

"이 쌍년. 동네 첩년."

그 순간 방에 모였던 김씨의 아내들이 모조리 일어섰다.

"뭔 소리! 방촌떡이 당신 서방하고 일 났어? 뭔 소리 하고 있어? 그러려면 어서 이 자리서 나가."

그때가 명절 끝이어서 시어머니는 주말에 온 내게 이 말을 하고 실제로 간이 툭 떨어진 얼굴이 되었다.

"문 열고 나오는디 마당에 아들이 윷 놀고 있더란 말이다. 명절에 내려왔다가 안 가고 있을 때였제."

"어머나!"

나도 놀랐다.

"못 알아들었응게. 한참 되었는디 그적까지 놀고 있제. 돈내기

윷이라 거기도 시끄럽더라. 우리는 방에서 하다 뚝 그쳤제. 이장 떡이 삿대질함서 당신은 별것 있냐고 했단다."

외려 별것 있냐는 말까지 들은 여자는 씨받이로 와서 베갯동서와 한집에 사는 사람이었다. 자식 없는 집에서 아들 난 유세가 사뭇 커 남편 따라 장에도 그 사람이 가고, 나갈 때는 곱게 화장하고 국밥이라도 지그들끼리만 먹고 온다고 흉잡히는 사람이었다. 자연 나들이가 많은 작은댁에 비해 큰할머니는 고부라지게 일했다. 어머니가 전하기로는, 그래도 친정 조카들이 선생도 하고 군인도 해 고모를 안쓰러워하며 차 가지고 와서 싣고 며칠 돌아다니면서 좋은 곳 구경시키고 먹을 것도 사주고 좋은 옷 사 입혀 바래다준다 했다.

긴 겨울밤 방촌댁이 놀러 와 아들이 도담도담 잘 살아간다는 얘기를 했다. 듣기로 소개를 받아 들어갔다는 경비 일은 농촌 일을 했던 그에게 식은 죽 먹기였다. 방촌댁처럼 정갈해서 그 직장 때를 쪽 뺐다는 것이다. 종일 빗자루를 들고 다니면서 쓸고 죽게 생긴 나무도 파서 이리저리 옮겨 앉을 자리 놓을 자리 잘 찾아 심어 높은 사람한테 누가 했냐는 소릴 듣는다 했다.

"여기서 살 때, 내가 장에 가면 꼭 찾아왔지 않겠소. 돈 쪼금 벌면 내 손에 쥐여주었지라. 엄니, 큰돈은 사람 보는 디서 열어

보는 것 아니오. 집에 가서 열어보고 꼭 찡겨두고 혼자 먹고 잪은 것 먹고 입고 잪은 거 참지 말고 쓰씨요", 그럼서.

그때만 해도 서울은 아득했다. 그렇게 말로나마 아들의 이름을 불러보며 그리움을 달랬다.

과부가 정분나는 게 무슨 죄일까만, 할매가 살아 있는 할배였다. 호만둥 할배는 키가 훤칠하고 틀이 좋은 사람이었다. 살림도 그만하고 아이들 역시 그만그만해서 거리낄 나위 없는 사람이었다. 중절모를 쓴 할배가 휘청휘청 걸어 출타하거나 들어오는 모습이 낮은 담장 위로 보였다. 그러고 보면 방촌댁 눈이 형편없는 것은 아니었다. 마을에서는 인물 중의 인물이었다. 깔아놓고 연애할 사람이 마을에 없기는 했다. 홀로 사는 여자는 많아도 남자는 없었다. 아무튼 방촌댁은 언제부터였는지 모르지만 호만둥이 할배의 여인이었다.

아들 둘이 다 나가고 덩그러니 남은 빈집에서 외로웠을 것이다. 가끔은 토방 돌팍에 다리 뻗고 우두커니 앉아 있는 모습이 눈에 띄었다. 머릿속에 무슨 생각이 있는지 모르면서도 그 모습을 본 사람들은 이리저리 다른 생각을 갖다 붙였다. 남의 말 하고 싶은 것이 인심이었다.

방촌댁이나 호방 마님이나 인물은 다 자그마하니 거기서 거기였다. 호방 할매는 자식들이 객지에서 돈도 보내주고 전답도 좀 있고 말발이 선 남편도 있어 마을에서는 꽤 좀 낼 만했는지^{잘난} ^{척할 만했는지} 웬만한 이는 눈 아래 놓고 사람으로 보지 않는다고 했다. 사건이 터졌을 때 좀 내리침을 당했던 그 사람들이 가장 고소해했지만 누구누구도 일컫지 않기로 했으므로 내놓고 말하지는 않았다.

마을 사람들이 염려했던 아들도 곁에 없고 방촌댁 역시 혼자 외로워서 혹시나 한 연분이 부활했다는 소문은 없었다. 그도 그럴 것이 이미 다 알고 있는 일이어서 할배가 어디를 홀로 걷거나 방촌댁이 행장을 차려 나가기라도 하면 쫓는 눈이 많았다. 방촌댁이 반지름하게 차리고 나갔는데 할배조차 한발 앞서 나가더라 하면 꼬리를 물어 말건지가 생기는데 한쪽은 텃밭을 매거나 방촌댁이 나갔을 때 할배가 마루 끝에서 담뱃잎을 엮거나 했으므로 오히려 엿는 마음이 무색해지곤 했다. 사람들은 무담시 골목을 오갔고 고개를 뺀 채 두 집을 들여다보았다. 일이 났을 때 호방 할매 자존심이 퍽 무너지기는 했다. 매의 눈이 되어 있고 현장을 꼼짝없이 잡힌 영금도 본지라 할배는 매사 조심했다. 말 좋아하는 사람들이 하는 말이 있기는 했다.

"모르지라. 밤이면 과자 봉지라도 담 너머 던져줄지."

우선 사람 좋은 할배였다. 하지만 살림을 할매 몰래 퍼낼 자유도 뺏겼고 방촌댁 살림도 이제 옹색하지 않아 작은 도움조차 필요하지 않았다. 위험을 무릅썼다간 우세밖에 더 없었다. 누구도 이제는 방촌댁이 어려운 살림이라고 하지 않았다. 자식들 밥 해주던 시간도 벌어 밭을 일구고 품을 들고 들녘의 나물까지 뜯어 삶아 장에 나가 팔았다. 자식들도 시간 날 때마다 돌아가면서 들러 기를 살려주었다.

우리 철행이 두행이가 지난번 올 때 사온 거라며 들고 와 혼자 먹는 법 없이 나누었다. 명절 때마다 청년들은 신수가 훤한 얼굴로 어른들을 찾아 인사하고 작은 선물이나마 두고 갔다. 그러므로 방촌댁은 적이 없었다.

그해 봄이었다. 비가 흔하면 산나물이 잘 컸다. 일요일이면 고사리 꺾으러 도시 사람들까지 몰려들어 앞산은 사람 천지였다. 등산 겸 봄나들이 겸 사람들은 산에 올랐다. 온 김에 고사리 꺾고 두릅을 땄다. 시골 사람이나 꺾어 먹게 놔두질 않았다. 다행히 마을 사람들이 많이 늙어 산에 가는 이라곤 몸이 가벼운 방촌댁뿐이었다. 그들은 알지 못하는 사람으로 그득한 앞산을 보며 말했다.

"마을에서 주차장 만들어 생판 모르는 사람들만 좋은 일 시키는구만. 사람 수가 고사리 수보다 많겠어."

일요일 아닌 날에는 산이 방촌댁 차지였다. 마른 고사리를 둥글게 뭉쳐 가져왔다. 눈에 불을 켜고 돈만 만들지는 않았다. 이웃 사람들이 손사래를 쳐도 놓고 가며 말했다.

"봄에 산 기운 빨아먹고 큰 나물이 약이어라. 한 번 삶아 뜨듯한 물에 담그면 보들보들하게 불어나. 볶아 잡솨."

도시 사람이 어떻게나 몰려 귀해졌다는 고사리를 마을 사람들은 거의 얻어먹었다. 제사 있다고 가져다주든가 맛이나 보라면서 방촌댁은 다리가 아파 산에 못 가는 마을 사람들에게 다 돌렸다.

어느 날 방촌댁이 며칠 보이지 않았다. 가끔 딸네 집에 가는 일도 있어 그러려니 했다. 그러나 갔다가 바로 오는 사람이었다. 당뇨에 좋다고 방송에 나와 돈 되는 돌나물도 쇠잔등에 휘하게 길어 나고 취도 올라오기 시작해 길게 있을 리 없다고 하다가 스치는 것이 있었던 이웃이 집에 가 문을 열었다.

방촌댁이 누워 있었다. 달려 들어가니 마른 덤불이며 풀잎을 붙이고 가시에 여기저기 긁힌 모습으로 끙끙 앓고 있었다. 어디가 아프냐며, 방촌댁을 안아 앉히고 찬 물수건으로 닦으면서 물었다. 방촌댁은 시선을 한곳에 두고 앉히는 대로 뉘이는 대로 그대로 있으며 대답을 안 했다. 정신 차리라고 소리를 질러도 귓구

멍이 막힌 것마냥 가만히 있었다.

"뭔 일이당가. 방촌댁이 어째 이려. 넋 나간 사람 같어."

사람들이 죽 먹이고 옷 갈아입히고 방에 불도 넣고 며칠 같
이 난리를 피웠다. 차츰 눈동자가 사람을 맞추고 입맛을 다시고
물 한 그릇 줘봐, 함서 시작된 말은 달나라도 가는 세상에 어처
구니없는 내용이었다.

"긍께 어저께가 일요일이라 이 근방 고사리는 다 뜯어가버려
눈 씻고 볼래도 없어 들어가고 더 들어간 것이 어딘지 모르는
곳까지 갔단 말이제?"

"시집와 이제껏 앞산에서 놀았는디 거기가 거기제 길을 잃어
잃기는."

"넘어가면 남면인게 도로 온 길로 빠꾸허면 되제."

더듬거리는 방촌댁보다 듣는 사람들이 앞서는 통에 소란스러
웠다.

"글쎄, 알아듣게 말해보라고! 당최 뭔 소리라여."

"조용히들 해봐. 기억하는 대로 어디 말해봐."

"들어가다봉게 쪼까 들어갔지라. 발밤발밤 여그 하나 있고 저
그 하나 있어 가다봉게 내가 이런 것 안 꺾으면 어쩌냐 하고 돌
아설라 했는디 어떤 사람이 솔가지 밭 질은 디서 걸어옵디다."

"그 사람이 누구여?"

"아무도 없는 디서 사람 만난 게 반가와서 그랬단 말요. '지비 _{당신}도 고사리 꺾으러 왔소?' 못 들었는지 고개를 한쪽으로 숙이고 앞으로 걸어옵디다."

"남자여?"

"여자였어라."

방촌댁이 물을 달라 했다. 얼른 사발을 입에 대주었다.

"제비명당 쪽에서 오요? 거기는 고사리 많습뎌?'까지 했는디 내 얼굴에 바싹 붙어 나를 봅디다. 얼굴이 아주 희여."

"그래서 누구여?"

"코앞에까지 딱 와서 뭐라뭐라 입술을 달싹달싹하는데 소리는 안 들려. 아 그러더니 금세 없어져버려라. 위매 뭐다냐 뭐다냐 한 바쿠 돌아봤단 말이오. 암도 없어. 머리가 서부렀어. 다리가 안 떼어져."

그러고는 방촌댁은 데굴데굴 구르다시피 내려와 누워버린 것이다.

대낮에 방촌댁이 귀신을 봤니, 말이 되는 소리니 하며 마을은 시끄러웠다. 날은 차츰 더워지고 빈속이고 봄이면 아지랭이 땜시 좀 어지러워지고, 그럴 수 있겠다 하면서도 아예 허튼소리로만 여기지도 않았다. 방촌댁의 정신이 차츰차츰 돌아오면서 산에서 본 사람은 좀더 구체적이 되어갔다.

"아, 아침 일찍 산 타다가 허기져서 헛것 본 거지."

"말은 말이제 방촌댁이 실없는 소리 하는 사람인감. 사흘을 식은땀만 흘리고 누웠는데 놀랜 것이 없었으면 그랬겄어."

"내가 뭣 하러 거짓소리 해라. 영락없이 얼굴은 길쭉허니 곱상허고 흰 저고리에 뉴똥 치마 감아잡지 않고 걸어오드란 말요."

"발은 보았소?"

"발까징은."

"발을 보아야 귀신이었는지 아닌지 알제."

"남면서 누가 오다가 그냥 넘어갔는개벼."

"방촌댁이 둘러봤다며. 그냥 사라졌다며."

옥신각신하며 결론이 안 났다. 그러다 누군가 자신의 엉덩이를 쳤다.

"얼굴 갸름하고 남색 뉴똥 치마 흰 저고리면 갑수 아재 아짐 아니냐고!"

사람들은 모두 소름이 돋아버렸다.

"제비명당에 묻었잖어."

"맞어!"

"그러니까 방촌댁이 거기까지 넘어갔단 말이여."

"여태 뭔 소리 듣고 그런다냐. 깊은 곳까지 갔다잖어!"

마을 사람들은 한꺼번에 수긍해버렸다. 그리고 누구도 의심하지 않았다.

그 언젯적 그리 머잖은 때 갑수 아짐은 시부모 모시고 남매를 키우며 살았다. 나가고 들어오는 두 번의 완행열차가 오로지 나갈 때 들어올 때 타는 교통수단이었다. 배움이 큰 사람은 이마을에 아예 없었다. 그런데 그 아재는 높은 사람이었다. 꾸준히 노력하고 점잖아 승승장구를 한 편이다. 아짐은 시부모를 모시고 토요일이면 오는 남편을 기다렸다.

어느 때부터 아재가 안 오기 시작했다. 아짐은 역에 나가 하염없이 남편이 내리기를 기다리다가 혼자 돌아오곤 했다. 농지기 혼수로 가져온 고운 한복을 입은 날은 남편이 오는 날이었다. 치마 오른 자락 감아올리고 기차역 갔다가 내리는 사람마다 남편이 아닌 것을 보고 돌아올 때는 자락을 놓은 채 힘없이 걸어왔다고 본 사람들이 말했다. 남편이 안 오는 이유는 다른 여자와 살림을 차렸기 때문이었다.

마을 사람들은 다 알고 아짐만 몰랐다. 그리고 몇 년 수심 가득하고 마르던 아짐은 알 수 없는 병으로 죽었다. 배 아픈 것도 아니고 머리가 아파 죽은 것도 아니어서 마을 사람들은 마음대로 이름을 지었다. 어른들까지.

"갑수 처는 상사병으로 갔어."

집성촌이고 앞산도 뒷산도 그 성씨들이 가지고 있어 가장 좋은 자리 제비명당에 묻어주었다.

이런 전설 같은 얘기가 있고 그리고 잊혔는데 느닷없이 갑수 아짐이 자기 집안도 아니고 생판 타성, 그것도 중간에 들어온 재취댁에게 나타난 것이다.

그날 이후 방촌댁도 성하지 않았다. 시름시름 앓고 가끔 정신없는 소리도 했다. 방촌댁을 보면 마을 사람들은 모두 미안해 견딜 수 없어 했다. 백주대낮에 날아온 화살을 맞고 걸어가는 모습인데 내가 아니어서 다행이다 싶으면서도 어쩐지 자신들이 받을 것을 대신 받고 아픈 양 아주 면구스런 얼굴로 방촌댁을 대했다.

다미아노

그의 세례명이 다미아노다. 키가 작다, 그는. 20년 전 그를 알게 됐을 때 이미 노총각이었는데, 노총각 형제는 성당에 열심히 다녔다. 나처럼 미사나 겨우 다니는 사람은 형과 아우를 구별하지 못했다. 사목회를 하거나 청년회, 레지오(가톨릭교회의 평신도 신앙 공동체)를 하는 사람들은 알았다. 그만그만한 키 중에 그래도 아우가 조금 크며 아우가 형보다 두 살 아래라는 것과 커튼 일은 형이 하고 있다는 것 등을 말이다.

그의 대부 가족은 사람들을 만나면 그의 형제를 침이 마르게 칭찬했다. 그 칭찬의 의도가 어디 참한 아가씨 있으면 중매 좀 서라는 것이었는데 맞장구는 쳐도 현실로까지 이어지지는 않았다. 그가 착하고 법 없이도 살 사람이라는 데는 다 수긍하지만, 남자보다 여자의 세상이 더 많이 달라져 있었다. 여자의 일이 세상의 변화와 함께 많아진 것이다. 여자들은 여자의 일과 남자의 영역까지 뻗치고 있다. 이제 자신을 포기하고 한 남자를 위해 헌신할 사람은 드물다.

대부네 가족은 이미 씨가 마른, 조신하고 없이 살아도 마음 하나만 보고 와줄 사람을 찾았다. 다미아노는 결혼 말이 나오기만 하면 걱정 끼쳐 죄송하다며 그저 웃었다. 한 번이라도 만난 사람은 다 그를 좋아했다.

"착하고 신앙심이 깊다."

이보다 더 좋은 말이 어디 있을까마는 결혼이 계산기 먼저 눌러대는 세상이 되지 않았는가.

커튼을 주문받아 만들고 설치하는 일을 다미아노는 그만두었다. 커튼 하는 사람이 줄어 그것으로 생계를 꾸려가기가 어려웠던 듯하다. 이내 그는 새로운 직업을 갖게 되었다. 그런데 직업이 바뀐 줄 모르는 사람들은 여태 다미아노를 찾았고 그는 이제 그 일을 떠났으나 공장과 연결하고 자기가 가진 기술로 휴일에 마다않고 설치를 해주었다.

어느 날 내 집에도 선반을 설치할 일이 생겼다. 7~8년 전 이 집에 이사 올 때 블라인드를 설치해주었던 다미아노가 했던 말이 생각났다.

"벽에 못 박을 일이라도 생기면 어렵게 생각하지 말고 부르세요."

집에 벽을 뚫을 공구가 없어 문자를 넣었다. 다미아노로부터 답이 왔다.

"닷새 뒤 쉬는 날 가도 되겠습니까?"

수년 전 다미아노와 하루를 같이 보낸 적이 있었다. 동행해서 어디를 가고, 같이 식사하고 돌아오면서 그의 얘기를 듣게 되었다.

계림동 주택가에 사는, 그때가 그렇듯 그만그만하게 사는 이웃들과 그러려니 하며 부족한 생활을 불평 없이 했다. 위로 누나가 있고 가운데 두 형제 아래로 여동생이 있었다. 누나의 혼처 자리로 우연히 재일교포가 들어왔는데, 그 당시는 재일교포 친척이 나타나면 모두 부러워하던 때였다.

누나는 그 혼처를 기회라 생각해 얼른 답을 내리고 일본으로 건너갔다. 큰 부자는 아니어도 고등학교 정도는 마쳐줄 능력이 되는 부모라고 다미아노는 말했다. 일본의 자형네를 큰 부자로 여긴 것은 세계정세에 어둡고 어렸던 탓이었다고 한다.

골목에 한 집이나 있을까 말까 했던 전화를 놓게 된 거며 가전제품을 갖게 된 것은 누나 덕이었다. 그리고 일 년에 한 번 오는 누나와 자형은 빳빳한 고액권 지폐를 친척들에게까지 나눠 주었다. 누나가 부자임에 틀림없고 물질의 풍요는 행복과 비례하는 것이라 믿은 부모와 동생 삼남매는 일본에 누나가 있는 것만으로도 커다란 힘을 얻었다.

누나는 한국의 가족 편에서는 전화를 하지 못하게 하고 저녁 시간 이후 연락을 해왔다.

"아마 심야 할인 때가 아니었나 싶어요."

지금 동남아에서 우리나라에 온 여성들을 보면 그때 누나의 모습인데 어린 그들은 전기밥솥에 밥을 하고 세탁기를 돌리는 것은 화려한 마나님이나 할 수 있는 것으로 생각했다. 그들은 누나가 그렇게 된 거라고 믿었다.

그러던 어느 날 부모의 갑작스런 죽음을 맞게 되었다. 다미아노는 얼마 안 되는 가산을 정리해 커튼, 도배, 장판을 취급하는 점포를 열었다.

부모님과 동생들을 돕겠다는 결연한 의지로 일본행을 감행한 누나는 자식들이 태어나면서 예전 같지 못했다. 사랑하고 염려하는 마음은 변함없으나 두드러진 물질적 도움을 주지는 못했다. 그가 말했다.

"그렇잖아요. 지금 우리나라에 와서 다문화 가족을 이룬 사람들, 아이들 태어나고 그들의 삶이 목전에 있잖아요. 저희 형제도 철들면서 누나가 그리웠지 도움을 바라지는 않았어요."

그가 모든 살림을 정리해서 차린 가게는 물론 잘되었다. 워낙성실한 그였으니까. 고등학교를 졸업한 여동생이 경리 겸 점원을 맡았고 그는 들어오는 일을 시공해주며 안팎으로 뛰었다.

그리고 일 년도 안 되어 5·18민주화운동이 일어났다. 그 점포가 하필이면 최루탄이 난무하는 그곳에 있었다. 잠시라고 생각했고 그 역시 정의로운 사람이어서 시간이 나면 근처 가톨릭센터를 열심히 드나들던 터라 곧 시위가 가라앉으면 또 부지런히 뛰리라 생각하고 걱정하지 않았다. 그러나 몰려다니고, 쫓기고, 최루탄 터지는 그곳으로 사람들은 발길을 뚝 끊었다. 성급하게 여기지 않고 버텨봤지만 그럴수록 손해는 커져 그는 그만 문을 닫았다.

다미아노가 웃으며 말한다.

"아, 고것이 그 속에서 연애를 했더란 말입니다."

여동생이 한 남자를 소개하며 결혼을 하겠다고 했던 것이다. 사업이나 잘되었다면 여동생 하나 번듯하게 식 올려주는 게 어려운 일은 아닌데 정리해서 몇 푼 남지 않은 오빠에게 결혼만

시켜달래니 아득하고 딱하기 이를 데 없었다. 쥔 것 털어 혼수해주고 여동생이 사랑하는 남자에게 말했다.

"꼭 이렇게 어려울 때 데려가니 오빠 노릇도 못 했다. 잘 살아라."

다시 시작할 돈도 없이 남은 오빠를 두고 동생은 사랑하는 사람을 따라갔다.

그 동생 부부가 결혼하고 몇 년 안 되어 찾아와 앞에 앉았다. 이혼하겠다는 것이었다. 둘은 성격이 안 맞는다고 우겨댔다.

다미아노는 긍정적이다. 발끈하지도 않고 자세를 낮추지도 않는 게 그다. 유머가 있는 데다 마음속에는 바른 잣대가 있다. 그가 매제에게 했다는 말은 이랬다.

"지금 내게 동생을 돌려주겠단 말인가. 그년 부모도 없고 나는 땡전 한 푼 없는 오빠네. 내가 풀릴 때까지 잠시 맡아주든가. 아니라면 살 집과 벌어먹고 살 가게라도 묶어 보내소."

그러고는 그들 앞에서 일어나 나왔다.

지금 동생 부부는 아이 낳고 잘 살고 있다고 한다. 매년 여동생은 오빠에게 한약을 한 재씩 해준다. 어느 해 광주에 온 부부가 용한 한의원을 소개해달라고 했다. 이제는 소리 없이 살아 고마운 매제가 아픈가보다 걱정하며 교우들을 수소문해 동생과 셋이서 한의원에 갔다. 그때 매제의 강권에 의해 진맥을 하게 되었고 매해 그의 체질에 맞는 보약이 배달된다고 한다. 김장 김치와 함께 매년 한의원에 전화를 넣어 우리 오빠 약 지어 보내주라는 여동생을 그는 한없이 대견해한다.

우리는 또 마주 앉을 기회가 생겼다. 이미 다미아노가 커튼 일에서 손을 뗐지만 워낙 그를 신뢰하는 사람이 많아 다른 일 중에 그는 간간이 그 일도 했다.

"이런 일이나 있어야 서로 얼굴 뵙지요."

사실 우리가 다미아노를 다시 찾는 이유는 다른 데보다 워낙 저렴한 가격 때문이었다.

어느 날 내가 좀 진지하게 의중을 떠보았다.

"다미아노씨가 나이는 좀 들었지만 알맞은 상대가 아주 없겠어요? 한번 알아볼게요."

"대단히 고마운데요, 자매님. 저는 불편하지 않습니다. 빨래나 반찬 정도는 합니다. 지금 어떤 여성을 만나기에는 제가 준비된 게 없습니다. 이 생활도 괜찮습니다. 다행히 동생이 제수씨를 잘 만났어요. 조카도 얼마나 잘생겼는지요. 둘 다 결혼 못 했을 때 돌아가신 부모님께 면목 없었는데 이제 면했으니 저는 이대로 좋습니다."

웃으며 그는 정중하게 입장을 밝혔다. 그러고는 휴대전화를 열더니 잘생기고 건강한 조카의 모습을 보여주었다. 일본 누님 도, 일본에 가지 않고 부모님 역할하고 살았다면 동생들을 제때 장가보내지 않았겠냐고 안타까워했다는 얘기를 전에 들은 적이 있다.

누님의 안부를 물었다.

"네, 한국 식당을 하십니다. 이제 안정되셨어요. 말씀 안 하셔 도 그러기까지 고생 많이 하셨을 겁니다."

풍요로운 일본의 넉넉한 가정에 사모님으로 갔다는 어린 시 절 상상은 우리나라에 동남아 사람들이 오면서 하는 상상일 뿐 임을 알게 되었다는 말을 누차 했다.

그는 요즘 조카한테 푹 빠져 있다. 조카 말이 나오면 어느새 아이의 성장사가 담긴 휴대전화를 꺼낸다.

"며칠 전에도 달려와 큰아빠랑 통닭 먹고 싶다고 해서 같이 먹었습니다."

우리 집에 선반을 매주러 온 것은 새로운 직장의 야간 일을 마치고 들른 길이었다. 여기저기 흩어진 책을 보고 그가 한마디 했다.

"자매님, 제게 『창작과 비평』 영인본과 이후 봤던 것이 있는데 누가 필요하면 주고 싶습니다."

놀란 내가 물었다.

"다미아노씨 문학에 뜻이 있었어요?"

"뭐 문학이라 할 것까진 없지요. 일기는 철이 들어서부터 지금까지 쓰고 있습니다. 책은 꾸준히 사 봅니다."

계림동의 창자처럼 좁은 골목에서, 박인천금호그룹 창업자 가옥 거리의 최루탄 냄새, 이 집 저 집 커튼을 달며 각기 다른 집 안 풍경이며, 지금 하는 군인 부대의 밤일까지, 그가 가진 몸으로 체득한, 경험의 자루를 상상하며 나는 그만 입을 다물었다. 다미아노 앞에서 내 어쭙잖은 문학의 열정이 한없이 보잘것없어지는 날이었다.

세라피나의 모시적삼

세라피나가 시어머니 상을 치르고 가져온 것은 모시적삼 하나
였다. 연탄이 전 국민의 연료였던 시절에 시어머니는 그것을 찍
어내는 회사의 주인이었다. 날마다 돈궤가 가득 차던 시절이 있
었다고 했다. 시아버지가 세상을 떠나고 시어머니는 손주들 교
육을 맡게 되어 더 큰 도시로 집을 얻어 나왔다. 공장은 큰아들
이 이어 운영했는데 사정이 아버지 때와는 많이 달랐다.

　고향 가니 누가 세라피나의 남편둘째 아들더러

　"야, 네 형 차 좋은 거 타더라."

하자

　"은행에 돈 빌리러 다닐라믄 차도 좀 쓸 만해야 되는갑더라."

하고 친구 말을 막았다고 했다. 부부는 크게 물려받은 큰형에
대해 불만을 갖는 대신 고생을 더 많이 물려받았다고 생각하며

살았다. 아이들을 맡겨서 할 말은 없으나 시어머니의 여전한 소비를 동서가 걱정한다는 소리를 했다.

　우리는 이웃에 살며 서로 못 나누는 말이 없었다. 세라피나의 남편은 운전직 회사원이었다. 초등학교 3학년 때 우등상을 받았는데 그의 아버지가 공부의 싹이 보이는 이 둘째 아들을 도시의 외갓집으로 보냈다. 그의 말을 듣자니 여기서부터 어긋나기 시작했다고 한다. 집과 부모가 그리워 날마다 고향 쪽을 보며 울었다는 것이다. 향수병은 공부를 놓게 하고 그게 고등학교 때까지 이어져 대학엔 못 갔다.

　고향에 두었던 동생 두 명은 의사가 되었다. 그것으로 조기 유학을 절대적으로 탓했다. 시아버지는 배우는 것만큼은 적극 돕되 나머지는 제각기 알아서 살라고 어려서부터 못을 박았기 때문에 다른 형제들보다 어려운 것은 본인 탓이니 불만도 없었다.

　그렇다고 좋아 뵈는 것이 없을 수는 없었다. 시어머니 댁에 다녀오면 가끔 힘이 빠져 있었다. 세라피나는 시어머니 집에 자주 불려다니며 청소도 하고 조카들 빨래도 했다. 갈 때는 맛있는 것도 먹고, 사는 김에 샀다는 반찬거리나 아이들 옷가지 등도 있어 일만 부려먹는 시어머니는 아니라는 말도 했다. 힘없이 온 날의 푸념은 이랬다.

"동서들이 모여 놀다가 저녁때는 헤어질 양이었는데 반찬 있는 곳에서 밥 먹고 가라 하시대. 얼른 일어나서 밥하라 하시는데 어머니가 나만 보시잖아. 한창 화투치는 중이었어. 큰동서는 그렇다 치고 아랫동서들 있는 데서 나만 보며 재촉하시는데……."

어느 날은 이랬다.

"제사 지내고 싸주시는데 갈비 같은 것은 동서들 주고 나는 먹잘 것 없이 양만 많은 것 가져가라 하셨어."

서운할 만도 하겠다고 듣는 사람들이 입을 모았다. 그러나 그 감정을 오래 간직하는 세라피나가 아니었다.

"내가 나쁘지. 언제까지 시어머니가 살아 있을 거라고."

하면서 아이를 들쳐 업고 버스를 타고 갔다. 어느 날

"남편이 같이 가자고 해 퇴근해서 들렀는데 아침에 먹은 국에 밥 먹고 가라 하더니 셋째 아들이 오니까 냉장고에서 소고기덩이 꺼내 볶아 먹자 하시더라고."

우리는 섭섭함이 역력한 얼굴을 보며 뭐라 위로를 했다. 위로라는 것이 살짝 사이를 떼어놓는 말이기도 했다. 가끔은 그녀도 활활 타올랐다.

"부모도 자식 차별해. 그 동생네가 우리보다 잘 먹고 살지 않겠어?"

"가지 마! 그까짓 부스러기 얻으러 뭐 하러 다녀. 그 노인네 사치할 돈 있으면 없는 자식 좀 돕지!"

다독이기는커녕 고약한 말로 약 올리는 사람도 있었다. 젊고 철들지 않았을 때였다.

그녀는 천성이 착했다.

어느 날 내게 이른 딸기가 두 팩 들어왔다. 맛이나 보라며 한 팩을 그녀에게 주었다. 며칠 지나서 갔는데 딸기가 그대로 농 위에 올려져 있었다.

"식탁에 놓고 주말에 할머니 갖다드리자고 했더니 애들이 먹고 싶어 자꾸 찔러보잖아. 물러질까봐 올려놨어."

시어머니가 병환이 났을 때 세라피나는 열심히 병구완을 다녔다. 끝내 시어머니가 돌아가셨다. 우리는 입을 모아 훈수를 했다.

"밍크코트 챙겨와. 다른 사람들은 다 있담서. 패물도 주라 해. 그때 오셨을 때 보니까 가방도 좋더만. 다른 사람들은 뭐 욕심나겠어. 부자들이잖아. 많이 챙겨와."

그러나 세라피나가 가져온 것은 모시적삼 달랑 하나였다. 일하고 들어가니 이미 형제들이 챙겼더라는 것이다. 패물도 온데간데없고, 가방도 없고, 열린 서랍장 바닥에 뭐가 있어 보니 이

것이더란다. 중국산이 들어오지 않을 때 좋은 모시는 귀했다. 나조차 한마디 했다.

"조각내 쓰더라도 치마를 가져와야지 이걸 어디다 쓰자고?"

몇 년 후 세라피나는 우리가 비웃던 옷을 내게 가져왔다.

"나한테는 너무 크잖아."

풍채가 좋던 그 양반의 옷이 내게는 얼추 맞았지만 당시만 해도 젊은 나이라 입게 될 것 같지는 않았다. 주는 정성을 생각해 거절하지 않고 받아두었다.

20년이 지나 그 옷을 입는다. 이렇게 긴하게 입게 될 줄 몰랐다. 이제 완벽하게 그 시어머니의 푸짐한 몸매에 도달해버린 이유도 있어서일까. 여름 행사 어디든 입고 나가면 칭찬을 받는다. 부잣집 사모님 것이라 모시가 좋고 바느질이 곱다. 입기만 해도 얌전한 여인으로 쳐준다. 녹두알 크기의 매듭단추는 옷의 멋을 더하고 무엇보다 세상을 떠난 분의 옷이라고 탈탈 털지 않고 입는다는 칭찬도 듣는다.

유딧

유딧은 몇 명의 장애인을 키우고 있었다. 먹이고, 학교 보내고, 공부 봐주고, 기도하고, 재우고. 아침이면 스스로 차에 오르지 못하는 아이들을 위해 뜻있는 사람들이 더불어 자원봉사를 했다. 가끔은 신부님이 와 가정미사를 했다. 아주 조금 후원을 하는 우리가 그날 모였다. 미사 후에 유딧은 후원자들을 위해 다과를 내왔다. 다과에도 못 미친 후원이 부끄러우면서도 선뜻 더 내놓지 못하며 시간은 흘러갔다.

유딧은 나와 동갑이다. 결혼도 안 하고 장애인들을 데리고 사는 모습을 보며 친척들은 한숨을 쉬고 간다고 했다. 나도 물었다.

"후회 없겠어?"

누군가 해야 할 일이라고 그가 말했다.

아이들 학교 보내고 호박죽을 쑤다가 유딧이 생각났다. 한 그릇 먹자고 전화했더니 한달음에 왔다. 내가 말했다.

"얼마나 외로웠으면 호박죽 한 그릇에 그렇게 달려오냐?"

유딧을 소파에 기다리게 해놓고 나는 죽을 끓이느라 불 앞에 서 있었다. 돌아보며 얘기를 하는데 유딧의 얼굴색이 안 좋다고 느껴졌다. 또 놀랐다.

"사랑을 못 해봐서 웃어보지 않아 인상이 나쁜 거야."

몇 달 후 유딧이 장애아들을 가정으로 돌려보낸다는 소문이 났다. 그리고 어느 날 그녀가 운영하던 해바라기 집은 문을 닫았다. 유딧이 위암 말기 진단을 받고 치료를 하러 갔다고 했다. 어디로 갔는지도 모르고 후원회에 모였던 사람들은 기도나 열심히 해주자는 말 정도나 하며 시간은 흘렀다.

또 누군가가 돌고 돌아 들은 소문을 전했다. 그녀가 죽었다고 했다. 고통이 심해 어머니가 그만 어서 가라고 했다는 말까지.

해바라기 집은 없어졌고 유딧도 잊혔다.

어느 날 목포 시댁에서 설을 쇠고 온 자매가 말했다. 천주교 묘지로 성묘를 갔는데 건너 봉분에 눈이 쌓였더란다.

"우리도 늦었는데 여기는 아무도 안 다녀갔네. 처녀인갑네."

하며 가져간 비로 쓸었는데 묘비에 유딧이라고 쓰였더라고. 시어머니께 갔다가 가족 모두 유딧씨 앞에서 묵념을 했으며 올 때마다 찾아보기로 했다고.

　유딧은 그렇게 우리에게 소식을 전한 걸까.

순조

가을 무 뽑아 뚝뚝 썰고 간장, 고춧가루, 마늘 넣어 대충 버무린 다음 위에 실갈치 얹어 아까 양념 그릇 물에 헹궈 갈치 위에 붓고 끓이면 먹을 만했다. 무가 맛날 철이고 비린 것이라고 섞였으니 국물 떠서 밥에 쓱쓱 비벼 먹었다.

어느 해 부지깽이도 쓰인다는 가을에, 도시로 나갔던 아버지가 때에 국밥 한 그릇 하다가 여주인하고 말을 나누게 되었다. 마침 아들과 큰 소리로 싸운 여자가 씩씩 붇고 있을 때였다. "나가 죽어 이놈아" 하는 아들을 아버지가 데려왔다. 가을일 거들면 먹이고 삯도 쥐어 보낸다 하자 놈도 얼른 따라나섰고, 그 어머니도 속 시원타 하고 보낸 청년이 순조였다. 일손 부족하던 우리 집 일은 그해 순조로웠다.

국밥집 아들 삼형제 중 속 썩이는 둘째 순조가 주소 하나 달랑 적어준 어느 아저씨를 따라 가버리자 걱정되었던지 아래위 형제가 얼마 후에 찾아왔다. 아무래도 걸렸던 모양이다. 할머니와 어머니가 순조 형제들에게 극진히 고마움을 표시했다. 보고만 간다던 형제는 한 일주일 머물렀다. 머무르면서 순조를 도와 밭일, 들일을 했다.

그들은 어머니가 해주는 반찬을 잘 먹었다. 자꾸 찬장으로 들어갔다 나왔다 하던 젓갈도, 이번엔 맛없게 되었다는 깍두기도 그들은, 할머니 표현대로, 누에 한 밥 잡힌 듯 먹었다. 우리 집 어려운 일을 덜어주는 고마운 청년들을 위해 어머니는 최선을 다해 음식을 했다. 식당 하는 그들의 어머니가 뭐든 해줄 거라 생각했는데 그게 아니었다. 어머니는 생업에 정신이 없고 자기네 식당은 그 음식이 그 음식이며 먹고 싶은 것을 못 먹고 컸다고 했다.

마침 하나뿐인 내 오빠는 군대 가고 없었다. 어머니는 부러워했다. 저렇게 기럿기럿한 아들 삼형제가 눈앞에 있으면 얼마나 좋을까. 먹고 싶은 것은 전부 말하라 하고, 있는 동안 그들의 먹거리를 위해 어머니는 양푼에 주물주물 무쳐내느라 바빴다. 텃밭도 그들의 것이나 다름없었다. 오이는 따서 바로 분질러 우적우적 씹고, 무 뽑아오면 생채무침 해주고 좀 일찍 늙은 호박 따와서 떡 먹고 싶다면 두말없이 그것도 해줬다. 어머니는 다 들어줬다.

　남들보다 가을걷이를 일찍 하고 순조는 갔다. 그러나 딱히 일
자리를 찾지 못하자 가끔 다시 왔다. 오면 밀린 일을 척척 굴렸
다. 시골과 도시의 임금 격차가 커지고 그때부터 우리 집 농사
방법도 달라졌다. 순조도 다른 일을 구했는지 안 오고 소식이
끊겼다.

　무 깔고 푹 끓인 생선을 잘 먹어서 솥에 남은 것 볼 때마다
순조를 말하던 어머니를 이 아침에 생각했다.

　순조 어디서 뭘 할까. 보고 싶네.

　그런데 순조야. 할머니, 아버지, 어머니 다 돌아가셨어야. 너도
이제 늙었지?

카바레의 역사

출근길에 마주치는 아주머니의 입술은 유난히 새빨갛다. 옷도 고운 색이다. 내가 나가는 시간에 마주치는 횟수가 많아져 자연스럽게 인사를 하게 되었다. 70대 중후반으로 보이는 아주머니는 다리가 심하게 휘어 있어 열심히 걷는데도 어쩔 수 없이 내가 앞질러야 했다.

"죄송합니다. 먼저 갈게요."

"아, 그래그래. 어서 가요. 나도 젊어서는 항상 남 앞장서서 걸었어!"

돌아보며 내가 웃었다.

어느 날은 같이 걸어도 될 만큼 시간 여유가 있었다.

"젊은 양반은 날마다 어딜 가시우?"

"네, 저는 일하는 곳이 있어요."

"암 그래야지. 나가서 놀기라도 해야 돼. 집에 있으면 아파. 나도 그래서 나오는 거라고. 나 젊은 날에는 하루도 집에 있질 않았어. 지금 학동 평화맨션 자리에 커다란 카바레가 있었지. 단골이었어. 황금동도 잘 알아. 알아주게 춤 잘 췄지."

하얗게 분 바르고, 의치가 헐거운지 말이 새며, 심한 안짱다리를 한 아주머니를 안아주고 싶었다. 연신 고개를 끄덕이고 감동스런 표정을 지었다.

평화맨션 부근에 살았다는, 여기가 무슨 무도장이 있었냐는 어떤 이의 강한 부정을 나는 묵살한다. 지금 불편한 몸에 대한 변명인지 허세인지 젊은 날 했다는 한가락을 강조하는 아주머니를 보면 늘 극진한 인사가 나온다.

믿고 싶다. 아주머니가 그려서 내게 내민 추억의 그림을.

지금은 입술의 경계선을 넘어 번진 빨간 립스틱을 곱게 고치고 아름다운 옷을 입고 뭇 남성의 어깨에 팔을 얹고 구르듯 날듯 춤을 추는 예뻤던 젊은 아주머니를 그려본다. 분명 그런 역사가 있었을 거라고 믿어본다.

2부

엄마는
그런 사람이었지

엄마의 가출은 장독대까지

어느 날 엄마가 보따리를 쌌다. 보따리라봤자 별거 있을까. 아버지가 주먹을 휘두르는 것을 본 적은 없지만 습관적 외도와 정신적 학대, 할머니의 꼬집어 비트는 독설과 멸시, 허리 한번 펼 날 없는 육체노동, 나아질 기미가 없는 미래가 분연히 집을 떠나게 결심하도록 했으리라.

집에 아무도 없는 틈을 타 한 팔로 보따리를 안은 엄마는 "연락하마"라는 말을 남기고는 떠났다. 어린 마음에도 할머니 편에 서야 백번 유리하다는 계산이 나올 때였다. 며느리를 미워하는 것과 달리 할머니는 우리 남매를 끔찍이 사랑했다.

엄마가 보따리를 싼 상황에서도 나는 이런 생각을 했다. 엄마가 사무원이나 판매점 점원이 되기는 불가능할 테고 남의 집 가정부가 된다면 그 집 반찬은 이제 달라질 거라고.

해가 저물었다. 불 피우는 기색이 전혀 없자 가족들은 엄마의 부재를 알아차렸다. 굵은 가지 잔가지를 적절히 넣어 가마솥 불을 조절하고, 밥 위에 가지나 풋고추를 얹어 참기름, 간장, 깨소금으로 조물조물 무쳐 내고, 철따라 장아찌를 담고 꺼내며 젓갈이라도 다져서 반찬 없는 밥상을 내놓지 않던 엄마였다. 늘 만만한 데다 호령과 핀잔에도 고개 드는 법 없는 엄마가 어디에도 없자 할머니, 아버지 얼굴에는 불안이 역력했다.

시래깃국 하나도 삼삼하면서 부드럽고, 굳혀둘 곡식과 속히 덜어낼 것들을 알아 창고에 나방 한 마리 날게 하지 않으며, 수많은 봉제사를 위한 누룩이며 엿기름, 마른 나물을 준비하고 그것들을 연필로 기록하는 법 없이도 자연스레 머리에서 술술 풀어내던 무덤덤한 얼굴의 엄마. 면박과 퉁생이로 대하던 할머니와 아버지가 당혹감을 감추지 못하는 것을 보면서 엄마의 존재가 일천하지만은 않다는 것을 깨달은 순간이기도 했다.

해가 떨어졌을 때 나는 툇마루에 우두커니 앉아 있었다. 일에 치여 딸에게도 살가울 틈이 없는 엄마였다. 그때 커다란 장독 옆에 몸을 가리고 앉아 있는 사람이 눈에 띄었다. 어린 나였지만 그만 그런 엄마를 보고 조롱할 뻔했다. 내일도 아니고 하룻밤도 못 채운 채 기껏 장독대까지가 제 범위인 엄마의 무능력을 봤기 때문이다.

그러나 엄마의 혁명이 결코 실패로만 끝난 것은 아니다. 엄마가 저녁 지을 시간에 홀연히 사라진 것은 호통만 치는 할머니, 아버지에게는 보통 일이 아니었다. 잘난 체와 큰 소리로 일관했지만 받쳐줄 사람 없는 호령이 가능하기나 한 일인가.

누구도 낱알이 모뚝하게 살아 있으면서 날쌍한 밥을 지을 수 없으며, 간장 된장의 깊은 맛을 내기 어렵고, 스물네 시간 군말 없이 빨래 푸새하고, 일꾼들 밥 하고 들일까지 해대는 엄마를 대신할 수는 없었다.

계절에 맞춰 할머니와 아버지의 입성을 갖춰 내고, 일꾼이나 삯꾼들이 어머니의 맛난 소찬에 일 온다는 말이 있을 정도로 칭송이 자자한 데다, 입이 무거워 두 어른의 바싹한 성깔을 밖에 내놓는 법이 없었다.

허물을 누구보다 크게 만들어 파급을 주는 것이 특기인 할머니가 어머니의 보따리 싼 일을 일체 함구했다. 이런 일이 노골화되면 눌러두었던 여론이 우르르 엄마 편이 될 것을 할머니가 두려워한 것이다.

엄마는 내 앞에 누워 있고 그 숱한 역사를 입 싼 딸년처럼 입으로 뿜어낼 줄도 모르며 원망도 상처도 되뇌지 않는 그래서 더욱 짠한 몸뚱이를 내려다본다.

아슬아슬한 고부 삼대

할머니는 1900년생이다. 조선에서 태어나 일제강점기를 지나고 전쟁을 겪었다. 자칫하면 죽을 뻔했고, 다 날릴 뻔했고, 그럴 뻔했던 무수한 일을 잘 지내온 것이 본인의 지혜로운 판단이었음을 인정받길 원했다.

피란 갈 때 많은 사람이 헐값에 넘기고 갔으나 본인의 주장으로 두고 갔다는 전답 얘기부터 마을에 흔하지 않던 장두감이 그해 많이도 열려 붉게 익자 등처럼 환해 반란군 눈에 띌까봐 베어버린다는 것을 막았으며, 앞일이 불투명해 돈을 쥐는 것이 낫다 했으나 무엇이든 처분하는 일은 안 했으며 피란 짐을 싸자 집을 욕심내는 사람이 몇 나섰는데 뿌리쳤다는 등의 얘기가 할머니 입에서 끝없이 나왔다.

난리 때 불안하고 유약한 할아버지 의견을 강력히 누른 덕분에 가산을 축내지 않고 용케 견뎌, 터가 너른 이 집과 가뭄 타지 않은 들판 논이 고스란히 남아 있게 되었다는 것이다.

할머니는 다섯 살에 어머니를 여의었다고 했다. 그날도 할머니의 동생과 토방에서 놀고 있었는데 오랫동안 병석에 계시던 어머니가 일어나 앉더니 파랗게 빛나는 눈으로, 검은 도포가 데리러 왔구나, 하고는 반듯하게 누워 숨을 거두었다고 했다. 할머니의 아버지는 남평장에 갔었는데 약으로 쓸 잉어를 짚에 묶어 들고 왔을 때는 아내가 이미 죽어 있었다.

가끔 누님을 찾아왔던 할머니의 동생과 어려서부터 이쁜례라 불렸다는 어린 남매가 봄날 죽음이 뭔지도 모른 채 풀을 찧으며 놀고 있는 모습이 그려졌다.

열다섯 살의 할아버지는 철도 없었을뿐더러 학자 집안에서 시집온 그의 어머니, 즉 내 증조모가 공부를 시키려고 했는데 따르지 않더라고 했다. 증조부는 병을 얻어 일찍 죽었는데 고조부는 마흔 초반에 아들을 잃고 그날로 거처를 사랑으로 옮겨 돌아갈 때까지 안채에 들지 않았다고 했다.

할머니는 매운 시집살이 얘기를 하면서, 증조모가 혼자된 유세가 커서 모두 쩔쩔맸다는 얘기도 빼놓지 않았다. 한 번씩 통파고 누우면 며느리는 물론 시아버지까지 죽 그릇을 들고 문 앞에 서 있었다고 했다.

내가 기억하는 증조모 은곡 할머니는 차가운 분이었다. 밤에 오줌이 마렵다 하면 놋쇠 요강을 두드려 손을 이끌어준다거나 비몽사몽하면 이내 호롱불을 켰던 할머니와 달리 은곡 할머니는 혼자 처리하도록 내버려두었다. 우리를 데리고 자는 법도 별로 없었다. 초등학교 3학년 어느 날 은곡 할머니는 나에게 너만큼 컸으면 밥도 지을 나이라고 했다. 내가 마당에서 공기돌을 하거나 사방치기 하는 것을 못마땅해했다.

할머니 말을 묵묵히 듣되 어머니는 절대 추임새를 넣지 않았다. 할머니는 어머니가,

"그럼요. 어머니 아니었으면 우리가 어떻게 이런 집에서 전답 가지고 살 수 있겠어요."

하는 말을 듣고 싶었을 텐데 그러질 않았다. 일찍이 홀로 된 시어머니가 여간 깔깔한 사람이 아니었다고 할 때도 혼자 말하다 말게 내버려두었다. 할머니에게 어머니도 곱게 보이는 며느리는 아니었다. 할머니 돌아가시고 어머니 놀리느라 오빠가

"인물로 보나 머리로 보나 어머니가 떨어진 것은 사실 아니오? 그러니까 당했지."

라고 너스레를 떨면 어머니도 따라 웃었다. 우리도 학예회에 어머니보다 할머니가 오는 게 더 자랑스러웠다. 어머니는 두고 온 일거리에 편치 않은 기색이었지만 할머니는 같은 입장이면서도

의연하고 도도했다. 흔한 양단이 아니고 기지 두루마기에 흰 명주 수건을 목에 두른 할머니는 단아하고 고왔다.

할머니는 손끝이 맵고 글까지 든 증조모 은곡댁을 고얀 시어머니였다고 했다. 할머니가 잠시 자리를 뜨자 콩쥐 팥쥐 가르듯 우리 남매가 은곡 할머니를 평가했다. 증조모인 은곡 할머니를 나쁜 할머니, 며느리인 할머니를 착한 할머니로 나눴다.

"아프면 방문 닫아 걸고는 안 나오고."

들은 대로 우리끼리 말했다. 텔레비전이 없어서 우리에게 되풀이되는 할머니의 얘기가 곧 오락이었다. 이걸 듣고는 어머니가 버럭했다.

"그때 뭔 꾀병이 있었다냐. 말도 아닌 소리!"

할머니가 들어오자 아무 말도 안 했다는 듯 어머니는 하던 일을 계속했다.

어머니도 인정하는 것은 있었다. 은곡 할머니의 시어머니, 즉 우리한테는 고조할머니가 아들 잃고 며느리 어려워 안채와 사랑채에 부부가 따로 지냈다는 거.

"은곡 할머니가 그러라고 했겠냐. 본인들이 혼자된 며느리 조심하느라 그랬지."

그 부분에서는 어머니도 한숨을 쉬었다. 이렇게 말하는 어머니와 달리 할머니는 좀 어폐가 있었다. 시할아버지 죽었을 때 안채서 며느리와 같이 홀로 지낸 시할머니가 그리 서럽게 울었다고. 할머니의 주장은 며느리가 설득해 부모님을 함께 살도록 했어야 한다는 것이었다.

은곡 할머니는 스물일곱에 병으로 남편을 보냈다. 삼남매를 두었는데, 재옥, 재환 두 아들과 딸 재연이었다. 남편뿐만 아니라 시동생까지 전국적으로 창궐한 병으로 갔다. 독한 고뿔감기이었다고도 하고 장티푸스였을 거라 짐작하기도 했다. 그때는 그냥 돌림병이었다. 묵히던 시동생은 신행 날을 받아두고 있었다. 반가 결혼 풍습의 하나인 묵히는 것은 여자 집에서 결혼식을 하고 일 년 후 남자 집에 와 다시 결혼하는 것이다. 남자는 자기 집으로 오고 가끔 처가에 다니러 갔다. 남자가 죽고 없는 곳으로 결혼하러 오는 어림없는 일이 그때 벌어진 것이다.

그날 신부가 흰 가마를 타고 왔다고 했다. 아들도 없는 집에 온 또 한 명의 며느리. 고조부모님은 그럴 수만 있다면 세상을 작파하고 싶었을 것이다. 숨어버리고도 싶고, 목숨을 던져버리고도 싶었을 것이다. 두 젊은 과부 며느리를 눈앞에 두고 살아 있음이 힘겨웠을 것이다. 사랑채로 옮겨가는 것보다 더한 일도 할 수 있었을 것이다.

남편을 먼저 보낸 은곡 할머니는 역시 같은 시기에 혼자된 새 신부 동서와 함께 살았다. 보나 마나 어린 동서를 따뜻하게 어루만졌을 분은 아니다. 아픔이 딱딱하게 굳어져 찬바람이 가득하던 얼굴을 하고 사셨던 분이다. 동서는 몇 년을 소리 없이 살았다. 손윗동서가 낳은 둘째 재환이가 암암리에 양자였다. 의지할 데 없는 동서는 자신의 몫으로 지어진 조카를 특별히 예뻐하며 우접을 삼고_{가까이 두고 위로받음} 지냈다. 손윗동서가 길쌈을 낙으로 삼아 그런 일들을 묵묵히 따라했다. 아랫동서는 어느 해 친정에서 찾아온 오빠를 따라 다녀오겠다고 간 뒤 다시 오지 않았다. 왜 안 오느냐고 사람을 보내지도 않고 기다리지도 않았다.

그 뒤 50년이 지나서 재환이 집을 묻는 여자가 있었다. 이제는 까맣게 잊어버린 양어머니라고 했다. 그녀는 이틀 밤을 자고 갔다. 아직도 마음으로는 다정한 양아들 재환이 집에서였다. 윗동서의 두 며느리도 보고, 작은 어머니 치마폭을 잡고 따르던 조카딸이 출가해 전쟁에서 그만 죽임을 당했다는 말도 들었다. 무엇보다 짧은 시간 같이 지낸 동서를 만나 한 이불에서 자며 회포를 풀었다.

이틀 밤은 길고도 짧았다. 데리러 온 오빠는 혼처 자리를 정하고 왔었다고 했다. 집안 뜻에 따라 일없이 살고는 있으나 열다

섯에 만난 첫 남편을 못 잊는다는 말을 했다고 한다. 두 동서는
울었다. 가면서 말했다.

"우리 재환이랑 같이 못 살아서 미안하다."

친정 쪽 친척이라 여기고 한번 다녀가라 했으나 우리 집 쪽에
서는 아무도 가지 않았다고 했다.

할아버지는 알코올중독자였다. 일찍 아버지를 여의었지만 끔
찍이 아끼는 조부와 한없이 자애로운 할머니, 차갑지만 바른 어
머니에게 자란 분이 어쩌다 술을 탐닉하게 되었는지 모를 일이
다. 그리고 늘 마음 써주는, 근동에서 학자로 이름을 날리는 외
숙이 있었다.

은곡 외숙의 권유로 기숙하는 어느 곳으로 공부를 하러 갔는
데 밤이면 먼 길을 오기를 반복하더니 끝마치지 못하고 말았다
는 것이다. 공부는 결혼하고도 이어졌는데 결국 그만두자 은곡
할머니가 그 탓을 며느리에게 돌렸다. 그 무렵 대다수의 사람이
그렇듯 할아버지는 농부가 되었다. 이름은 농부였지만 무논_{물이}
_{괴어 있는 논}에는 들어가본 적이 없고 소출을 가져다 쓰는 데만 익
숙했다. 농사는 할머니가 일꾼을 데리고 지었다.

배운 데 없는 친정이라는 시어머니의 오해를 벗고자 할머니
는 누구보다 노력했다. 세 살 덜 먹은 물정 모르는 남편을 대신

해 작고 연약한 체구답지 않게 살림을 야물게 차고 나갔다. 큰 아들은 공무원, 둘째는 교사, 아래는 대학생일 때 장에 가면 누구도 함부로 대하지 못했다는 얘기를 했다.

할머니가 휘파람 불며 살던 시기였다. 꼬장한 시어머니가 벼람박에 기대어 앉은 극노인이 되었고 큰딸은 과수원집으로 보냈다. 유일하게 광주의 여학교로 진학했던 막내딸을 이웃 초등학교서 교사로 오라는 것도 마다하고 다칠세라 집 안에 뒀다가 전라북도 양반 가문으로 출가시킨 뒤 할머니의 집안 미화 수사는 극에 다다랐다.

할머니는 새어머니 손에 자랐다. 넉넉잖은 집에서 새어머니 아래 자랐다는 것은 호사스런 유년기라고 할 수 없었다. 그렇게 말하면 허세고 거짓이었다. 말하기 좋아하고 말 잘하는 할머니가 친정에 대해서만큼은 침묵한 이유다.

할머니는 뛰어난 언변가였다. 옷맵시도 좋았고 입이 짧아 새 반찬이거나 좋은 음식이 아니면 먹지 않았다. 옷도, 좋은 반찬도 다 며느리가 해댔다.

천수답이 많았을 때 우리 집 고래실논바닥이 깊고 물길이 좋아 기름진 논은 가뭄을 타지 않았으며 또 수랑 배미 닷 마지기는 한해가 들어 들판이 타들어가면 더 잘되는 논이었다. 이렇게 해도 저렇게 해도 우리는 굶지 않는다. 그리고 대밭에서도 김발과 바구니를 만드는 사람들이 사러 와 스무 마지기 논과 맞먹는 도움을 주었다. 터가 마을에서 가장 좋아 난리 때 털끝 하나 다친 자손이 없었다.

근방의 큰 우시장이 영광, 황룡, 남평에 있었는데 농우는 농사에 아주 중요한 것이어서 소를 고르려면 끌고 올 상일꾼과 동행을 한다. 남평장에서 소를 살 때 돈이 부족했는데, 도지기 내리닫이 열 마지기 주인이라고 하자 외상으로 주었다는 등의 얘기는 틈만 나면 할머니가 하는 것이었다.

할머니가 완벽하게 휘어잡지 못한 것은 할아버지의 술과 숱한 여자 편력이었다. 가장 만만한 사람은 며느리였다. 어느 날 할머니는 어떤 일로 노여워 며느리를 몰아세우기 시작했다. 말 속에 네 친정이 공산당이라고 했다. 엄마의 올케 외숙모가 여맹조선민주여성동맹 위원장을 했다는 것이었다. 공산당을 몰아낸 남쪽에서 그 일을 말하면 치명적인 약점이라고 할머니는 생각했는지 모른다. 엄마는 출가한 뒤 친정에서, 더군다나 올케가 어떤 사상을 가진 사람인지는 모르는 일이라고 했다. 할머니는 급기야 이 살림을 물려주는 것이 억울하다고 했다. 할머니가 곧잘 쓰는 말

로 허리끈 졸라매고 살림해서 네까짓 거 좋을 일 시킬 수 없다
고 했다. 엄마한테 어디서 그런 용기가 났는지 모른다. 네 친정에
서 해준 게 없다고 했을 때

"그럼, 어머니는 친정에서 이고 지고 오셨소?"

하고 받았다. 처음엔 놀랍지만 놀라움이 거듭되면 일상이 된다.
그 뒤 엄마는 좀더 발전된 언어로 할머니와 이따금 맞섰다.

날이 궂으면 세 고부는 인두를 묻어둔 화로를 놓고 바느질을
했다. 증조모 방에 그동안 틈틈이 짠 베가 많았다. 시렁 위 고리
짝에도 있고 앞닫이에도 그득했다. 증조할머니는 옷을 지을 때
베를 골라 내놨다. 증조할머니 눈에는 다 같은 베가 아니었다.
아들 것, 손자 것, 여자 것, 누구 것을 지을 것인가 주인이 결정
되면 고리짝이나 농문을 열어 골랐다. 엄마는 깨끗이 방을 닦고
두 손으로 받아 두루말이 베를 풀어 펼쳤다. 가위를 들었지만
증조할머니의 눈짓으로나마 허락이 없으면 마름질은 시작되지
않았다.

"니 시부는 품을 크게 잡고, 셋째는 춤이 길어야지. 아서라,
그러면 호져 못쓴다."

길쌈과 바느질은 증조모의 권위고 자부심이었다. 엄마도 이미
친정에서부터 짭짤하게 익혀온 솜씨가 있음에도 불구하고 내색

없이 시할머니 분부대로 따랐다.

　방 안에서 자연 말을 주고받는 이는 할머니를 건너뛴 두 사람이었다. 엄마가 시할머니와 시어머니의 미묘한 기류를 즐겨 어부지리를 얻는 사람은 아니었다. 서당 개 3년이면 풍월을 읊는다고 바느질이 좀 떨어진다 해도 그리 못 할 일도 아닌데 증조모는 할머니에게 전권을 주지 않았다. 엄마는 일하면서 헐북한 부분을 할머니께 넘겼다. 엄마는 옷 한 벌의 완성을 세 고부의 완벽한 협업으로 만들었다.

　시집살이 중에서 가장 고약한 것은 일감을 주지 않는 것이다. 엄마는 이 사이에서 시할머니의 총애를 덜컥 받아들이지 않았다. 균형을 유지하는 것은 엄마가 지혜로워서가 아니라 훗날 시어머니의 서슬 퍼런 복수를 미연에 방지하기 위함이었다. 증조모는 찹쌀떡처럼 붙지 않는 손부가 때로는 괘씸하기도 했지만, 그래도 며느리보다 배운 데 있는 집에서 데려왔기 때문이라며 봐 넘겨주기도 했다. 엄마는 바느질하다가도 때가 되면 엉덩이 가볍게 일어서서 나가 뜨거운 밥을 지어왔다. 집장, 동치미, 갈치젓이라도 도마에 또닥거려 양념해 비린 맛을 풍겼다. 어느새 식은 밥을 엿기름에 비벼두었던지 따끈한 단술을 대령하기도 했다. 어리어리하고 달달한 단술 기운에선지 퍽 화기애애하게 세 고부의 바느질 놀이는 해가 지도록 이어졌다.

시할머니에게도 할머니에게도 죽어지내던 엄마가 어느 날 나랑 외갓집에 갔다.

"글쎄, 꿈에 냇가에 섰는데 고무신이 떠내려가더라고. 막 내려가는 것을 장대로 주워올려 건졌잖우."

엄마의 말에 외숙모가

"애기씨, 노마님 실섭했담서 꿈으로 보면 안 죽겠네. 뭣 허러 신을 건졌을꼬. 떠내려가게 두지."

이번에는 엄마가 말했다.

"꿈에도 왜 내 옆에 간짓대대나무로 된 긴 장대가 있더란 말이유. 으이 그냥 안 건지는 건데."

놀라운 목격이었다. 우리 외갓집에서는 두 할머니가 모두 죽기를 바라는 투였다.

"애기씨, 그 집에서 고생 안 했다 소리 못 해. 층층 만 층 구만 층이여."

엄마조차 내가 안 들어본 소리를 했다.

"내가 언제 그 양반들 가고 속 훤히 발 뻗고 살날 올까요. 징허요."

오히려 내가 이 일을 일러야 되나 마나 고민에 빠졌다.

한국전쟁이 끝나던 해에 내가 태어났다. 언제부터 말귀를 알아들었는지는 모르겠다. 우리 남매가 멍석에 누워 있고, 대나무를 얇게 떠 만든 죽석부채로 모기를 쫓던 할머니가 누구에게랄 것도 없이 말했다.

"보름이구나. 모평댁 데려다 죽인 날 아니냐."

잠이 들락 말락 했던 나는 이런 말의 무서움을 어렴풋이 알아차렸다. 우리는 어른의 품으로 파고들었다. 그때 한 되들이 수용에 석유를 담고 솜으로 막아 불을 붙여 들고 다니며 옷이나 식량을 가져갔다고 했다. 나는 자주 밤사람에게 쫓기는 꿈을 꾸었다. 마을 앞 정자에서 놀며 사방이 어두워질 때 먼 산에서 불빛이 나면 좀 큰 아이들이 소리쳤다.

"봉화다, 봉홧불이다!"

그것이 서로의 연락이라는 것도 처음에는 몰랐다. 북쪽이면 그 반대편에서도 불빛이 올랐다. 어느 때였는지 정확한 기억은 없다. 정자 마루를 쿵쿵 뛰며 소리치고 반대편에서 불빛을 찾았을 때 또 소리 질렀다.

내가 정말로 빨치산의 신호를 본 것일까. 이후 나라는 번번이 북쪽의 도발이 있을 거라며 국민을 위협했다. 초등학교 내내 전쟁이 날까봐 전전긍긍했다. 전쟁의 공포가 많이 물러갔을 때 마을에서는 또 다른 비밀이 하나둘 드러났다.

"증평댁 딸이 반반했느니라."

"어머니!"

가족 중 누군가 할머니 말을 막았다.

"내가 뭐시라 하냐?"

그러면서도 할머니는 말을 끝마치지 않았다.

"난리 때일수록 몸조심해야 하는 것이다. 마을에 첩자가 있었는갑더라. 동탁이 집에 와서는 돈 주라 하더란다. 없다 했더니 장에서 소 판 돈 내놓으라더란다. 옴스라니_{전부} 주고 병났니라."

"죽은 거보다 낫네!"

남의 일은 가벼운 법이다. 죽은 것보다 열 번 낫지만 예부터 농사짓는 집 소는 그 집의 반 살림이다. 또 소를 장만하지 못하고 몇 년을 지냈다고 했다. 소가 할 쟁기질을 괭이나 쇠스랑으로 하자면 얼마나 고달팠겠는가. 휘청한 살림살이는 전쟁이 끝나고 여러 해를 지나 좀 나아져 겨우 농우를 장만했다고 했다. 작은 소쿠리 속 같은 살림살이는 좌냐 우냐가 문제될 게 아니었다. 할퀴고 간 재물이 큰 것이었다.

모평댁은 끌려가 산속에서 시체로 발견되고 분단장 좋아했던 증평댁 딸은 열흘 만에 왔는데 못 당할 일 당하지 않았겠느냐는 의심을 견디지 못해 가족이 다 마을을 떴다. 피멍 들고 찢긴 옷으로 돌아와 울며 고백한 단짝 친구도 그 집이 뜨자 참을 수 없었다는 듯 들은 말을 되돌려 풀어놨다. 이런 와중에 아슬아슬하게 견뎌온 무사함에는 자칫 본인의 지혜로움이나 선견지명이 있었다는 할머니의 허풍이 보태졌다. 자연 굴곡진 역사에는 해석이 분분했다. 이렇게 전쟁은 군데군데 부분부분을 쑥대밭으로 만들고 물러갔다. 그것을 안고 있는 상흔은 더 오래갔다.

할머니의 정신이 드디어 오락가락했다. 치매는 점점 더 뚜렷이 진행됐다. 누구를 해코지하거나 어디로 나가 길을 잃는 것은 아니고 먹은 밥을 또 달라는 것과 오줌똥을 가리지 못하는 것이었다. 엄마는 여전히 들일까지 감당하고 있는 처지였다.

할머니는 마루에 앉아 해바라기를 했다. 잔소리는 껐어도 가끔은 불도 때주고 토방도 싹싹 쓰는 시어머니가 어느 때부터 일손에 전혀 도움이 안 되어도 귀꿈스런 소리 끌어내 속 뒤집는 것보단 나은 것인지.

"잡솨. 전에는 잘 드셨지 않소."

엄마는 할머니가 좋아하던 음식을 해 들이밀곤 했다. 그러나 음식에서만큼은 학처럼 먹던 양반이 과식을 하고 설사한 옷으로 이리저리 앉아 사방에 묻히기 시작하자 굶겨 죽였단 소리 안 들을 정도로만 밥사발을 줄였다.

결혼해 살고 있는 내게 엄마가 모내기철에 전화를 걸어왔다.

"완두콩이 익었다. 까주지는 못하고 정부미 푸대에 담아놓을 테니 가져다 까 먹어라." 나는 그러마고 남편과 날을 받고 있는데 이튿날 다시 전화가 왔다.

"야야, 콩 까났다."

"바쁜데 왜 깠어요?"

"할머니 앞에 콩자루 놔줬더니 잘 까시드란마다. 오래비 것까지 다 깠다."

"할머니가 어디서 깠어요?"

"건넌방 앞마루에 앉혀놓고 까실라냐고 물었더니 그럴란다고 함서 잘 까시드란마다. 꼼짝 않고 까시더라."

모내기철 그때 비가 잦았다. 할머니는 살이 없어 뼈가 괴인다고 꼭 두터운 방석을 끌고 다니며 마루에 앉았다. 방석이나 깔아줬을지 의문이었다. 더군다나 처마가 길어서 그쪽 마루는 그늘이 졌다. 아무리 모내기철이라 해도 비오는 날 그늘은 추울 수 있었다.

할머니는 욕심이 많은 분이었다. 앞에 놔두니 기계적으로 깠을 테고 수북이 알이 쌓이는 것을 보고 과거에 맛보았던 옹골진 마음이 일어 꼼짝없이 손을 놀렸을 것이란 생각을 하니 가슴이 찢어지게 아팠다. 어쨌거나 어머니에게 할머니는 좋은 시어머니가 아니었다.

엄마의 전화 목소리는 분명 링에서 상대 선수를 눕히기라도 한 듯 재미져 어쩔 줄 모르는 형색이었다. 할머니는 셈이 빠르고 요령도 좋은 반면 엄마는 그렇지 못했다. 나서서 무슨 말이라도 하면 할머니가 꼭 트집을 잡았다. 할머니는 엄마가 살림의 주역이 되어가는 것을 달가워하지 않았다. 당신이 건재하다는 것을 여럿 앞에서 혼내는 것으로 증명한다고 생각했는지 무렴을 줘도 꼭 사람들 앞에서 줬다.

의욕을 잃은 모습이기도 하고 무엇이든 모른 척, 못 본 척하는 것이 엄마였다. 가대가 큰 집에 큰며느리가 말없는 것으로 점수를 더 얻는다는 것은 할머니가 계산하지 못한 바였다.

할머니 정신이 점점 온전치 못한 반면 엄마는 그 반대가 되어갔다. 엄마가 할머니한테 퉁생이를 주기도 했다 치매라는 것이 하루 24시간을 남의 정신으로 사는 것은 아니다. 가끔 할머니는 살림을 지휘하던 때의 말을 했다.

"들깨 심었냐?"

"뭔 들깨라. 지금 들깨 심을 때요?"

"잎만 먹을라면 몰라도 그 자리에서 크면 못쓴다. 자리 옮겨 줘야 잘 여물든디."

"그렇게 모르는 것 없는 양반이 어째 똥은 쌀까?"

그 말까지는 사뭇 낮추어 말했지만 엄마는 곧 쥐게 될 챔피

언 벨트를 놓고 싶지 않은 마음이 역력했다. 일은 할머니가 손 넣어주던 때보다 무겁기 짝이 없어도 놉^{머슴} 사러 고샅^{좁은 골목길}을 다니는 엄마의 발걸음은 가벼웠다.

할머니 자신의 말씀처럼 난리 때도 이 살림을 지키고 자식 빠지지 않게 공부시킨 분이었다. 내 새끼라면 금쪽같이 여겨 우리 남매도 사랑을 듬뿍 받았다. 어느 날 엄마가 오빠를 때렸다. 맞던 오빠가 엄마한테 소리쳤다.

"엄마 나 없었으면 이 집에서 쫓겨났대. 할머니가 그랬어! 그러니 때리지 마."

할머니는 오빠를 우리 씨둥이 하면서 늘 쓰다듬었다. 어린 것 앞에서 엄마 험담도 서슴없이 했던 모양이다.

할머니가 곡기를 끊고 의식을 잃었다고 해서 어느 날 가족이 전부 모였다. 그러나 할머니는 보름을 눈 감고 있다 살아났다. 치매도 한결 사라졌다. 우리는 감사했지만 엄마는 어쨌는지 모른다. 오빠는 웃었다. 챔피언 벨트 거머쥐기가 그렇게 쉽겠어요 라며.

가끔 안부를 묻는 전화를 했다. 당연히 할머니를 먼저 물었다. 건강은 어떠신지, 무엇을 드시는지. 그러다가 내가 실수를 했다.

"엄마, 얼마나 사시겠어. 좀 잘 해드려."

드디어 엄마가 버럭했다.

"들어가거라. 내가 먼저 죽게 생겼다."

가족이 부랴부랴 모였다 해산하기를 여러 번 했다. 종신을 하려고 모이는 것인데 할머니는 번번히 회생을 했다. 그날도 할머니의 자녀들이 다 모였다. 머리맡에 앉아 지키고 있는데 눈썹이 꿈틀거렸다. 불러보자 들리는 듯 얼굴이 움직였다. 입에 천엽을 곤 물을 한 숟갈 흘려넣자 입맛을 다셨다. 그들은 마주보고 씩 웃었다. 오늘도 실패네 하는 표정이었을까. 가족들은 합세해서 장만하여 밥을 먹었다. 대소가에서 종종 들여다보느라 밥상에 앉는 식구가 많았다. 엄숙하자 하면서도 금방 잊고 웃었다. 이러다보면 돌아가시는 날이 가깝지 않겠느냐고 위로 아닌 위로를 했다. 모인 김에 숙부들은 집안 환경 정리를 했다. 숙모들도 엄마를 도와 장항아리를 이리저리 밀고 댓잎이나 빗물이 고인 돌확이나 동이를 퍼내고 씻어 엎고 정리했다. 할머니가 이 세상을 하직할 날이 시를 다투는데 곧 잊어버리고 또 웃었다.

숙부가 집안 할머니를 불렀다.

"당숙모, 우리가 어머니 가시고 우세할 것 같소. 며느리 누가 울 사람이 없어요. 큰형수야 우리 엄니한테 데이고 물렸을 테고 우리 집사람이나 제수가 떨어져 살았는데 뭔 정 있어 울겠어요.

동네 체면도 있고 하니 당숙모가 좀 우십시다."

밥 먹고 마루에 앉아 있던 윤동 할머니가 손사래를 치며 벌떡 일어났다.

"당최 그런 소리 말어라. 내가 큰집 성님 덕에 마음 붙이고 살았다만 나 못 운다. 아들도 없고 살림살이 어려운 내가 울면 저년 지 설움에 운다고 흉본다. 나는 집에서 혼자 울었으면 울었지 사람들 앞에서는 못 운다."

"그러면 작은엄니가 울어야겠네."

작은엄니라고 말하는 나의 작은할머니는 더 펄쩍 뛰었다.

"기행아, 그런 소리 말어라. 내가 울면 서울 네 사촌이 큰동서 못 잊어서 안 올라왔냐고 할 것이다. 이제 큰엄니 없으니 서울 가서 살자 하면 나는 못 산다. 나는 서울서는 죽어도 살기 싫다. 내 집이 편하다."

서울의 잘사는 아들네 갔다가 도망와버린 할머니였다.

좀 서운할 뿐 아프지 않은 죽음을 엄마는 마늘을 까거나 상여 놀릴 때 쓰려는 팥을 재량하면서 기다렸다.

드디어 할머니가 세상을 떴다. 엄마는 무척 허둥댔다. 갈 날 받아두어서 다행이지, 본래 난리가 몰아와도 들썩이지 않는 엄마가 양푼이나 들고 대청으로 마루로 뭐부터 해야 할지 모른 채

둔전댔다. 장에 심부름 보낼 마을 아재가 거리제, 산신제, 평토 제에 쓸 제수를 물었는데 엄마는 사과 배도 말하지 못했다.

"큰일났네. 며느리를 세상 못 보게 데리고 가실랑갑네."

마을 사람들이 놀렸다.

발인 전날 상여를 놀렸다. 엄마가 미리미리 굳혀둔 팥이며 양념이며 나물감들이 찾으면 나와 부족함 없이 쓰이고 있었다. 선소리꾼의 사설이 길었다. 구슬프면서 웃기는 것이 그 사람의 재주였다.

식구들이 차례로 불려 상여 앞에 섰다. 엄마는 소리꾼이 부르는 대로 상여 앞에 나가 큰절을 했다.

"마지막으로 허실 말씀 있으면 해보셔."

두 손을 앞에 쥐고 서 있던 엄마가 어린애처럼 울기 시작했다.

"미안허요, 엄니. 이렇게 돌아가시는 것을, 지가 속으로 얼른 가시기를 바랬단 말이오. 엄니, 미안허요. 용서해주시씨오."

"그럼 살아 돌아오시라고 허끼라?"

엄마의 고백에 구경하던 사람들은 웃었고 소리꾼은 놀려먹을 작정으로 물었다.

"내가 눈 뜨라 하면 떠. 도르메 아짐 다시 오라 그까?"

"걱정 마, 걱정 마. 한번 죽은 사람이 오간. 온당댁 고생 우리가 모르간디."

갑자기 철부지처럼 우는 엄마를 향해 구경꾼이 되어 에워쌌
던 동네 사람들이 합창을 했다.

니 미

할머니는 머리도 좋고 부지런했다. 마을 사람들이 우리 남매를 예뻐한 것은 예쁜 짓을 해서가 아니라 할머니 눈치를 봐서다. 엄마는 그 시절에 어쩌다 남매를 낳았다. 그렇게 되면 우리는 몹시 손이 귀한 축에 들었다. 오빠와 나를 집안에서는 불면 날아갈까 쥐면 깨질까 하고 키웠다.

단 며느리인 우리 엄마에겐 고약했다. 우리에게 "니 미한테 물어보아라" 할 땐 어쨌거나 집안이 많이 편할 때였다. 할머니가 쓰는 네 어미의 준말이었다.

우리 집의 결정권은 모두 할머니에게 있었다. 니 미는 부엌일과 들일로 찌들어 있었다. 할머니와 부딪기 싫어 엄마는 장에 나가 싼 옷 한 벌 사 입지 않았다.

엄마에게도 좋은 날은 있었다. 비가 몹시 온 날. 혹은 긴 장마가 지던 때에 일꾼도 사랑에서 새끼를 꼬거나 연장을 손봤다. 모든 것이 느리게 돌아갔다. 보리밥 단술을 끓이기도 했다. 막걸리로 반죽한 밀가루를 주물러 바람을 빼면서도 "빵 해주마"라는 말은 하지 않은 채 따뜻하게 쪄낸 하얀 빵을 소리 없이 앞에 놓았다. 엄마는 수선스럽지 않았다.

날이 궂어 쉴 수밖에 없는 날 엄마는 틀 위에 앉았다. 그 시간이면 늘 주눅이 들었던 니 미가 가장 자신 있는 얼굴이 되었다. 할머니는 그 재봉틀을 쫓겨 들어가던 일본 사람에게 쌀 일곱 가마니 값 주고 본인이 산 거라고 했다. 엄마가 언젠가 중얼거렸다.

"사면 뭣 하냐. 놔두면 산지기 집 거문고지."

형편이 더 낫고 여자 형제 많은 친정에서 니 미는 틀질을 배웠다. 틀이 생기자 솜씨를 발휘하기 시작했다. 니 미가 아주 숨죽여 사는 것만은 아닌 줄 안다. 니 미도 솔찬히 노련해졌다.

저고리 한 감 끊어다놓고도 얼른 바느질에 착수하지는 않았다. '할머니 누비 저고릿감이다.' 이 또한 직접 말하지 않았다. 소리 없이 밀가루 반죽을 치대듯, 그러나 숨길 수 없듯이 조용히 기대를 부풀게 했다. 마름질해서 접어두고, 어깨에서 조금 누비다가 두고, 그 부분을 완성하고도 여러 날 그런 식으로 해서 저고리가 곱게 나올려면 할머니가 자연 그 느릿느릿을 봐줄 수밖에 없게 만들었다.

니 미는 누구도 대신할 수 없는 재봉틀 위에서 휴식을 했다.

할머니와 어머니

고지논 한 마지기에 값을 정해 모내기부터 마지막 김매기까지의 일을 해주기로 하고 미리 받아 쓰는 삯. 또는 그 일 가져다 먹고 모내기 날 송가 아저씨는 곧잘 누워버리곤 했다. 겨울에 먹을 것도 없고 아이들이 조르는 것도 있어 고지 내다 썼는데 몇 집 일이 쌍나발을 서 어떤 집은 가고 어떤 집은 관두느니 차라리 그만 이불을 뒤집어썼다.

못줄 띄워 모심을 때 몇 마지기 논에는 사람 몇이 들어서야 한다는 것은 뻔한 이치였다. 송가가 말없이 안 오면 속이 타들어갔다. 할머니는 흰 죽이라도 쒀서 그 집을 찾았다. 상보 덮은 양푼을 내려놓고 걱정스레 말했다.

"몸 아픈데 별수 있소. 누워 있는 마음인들 편했겠소. 걱정 말고 추스르시오."

돌아서자마자 '많이 퍼먹고 탈난 괘씸한 사람'이라고 생각했지만 흔연스레 대했다. 송씨 아저씨가 내년에도 어길 수 없게 묶은 것이다. 할머니는 그런 사람이었다.

어머니는 할머니의 지략과는 거리가 멀었다. 언 땅에 돋은 마늘 뽑고 강치에도 항아리 위에 쌓인 눈 털어내 손 깊이 넣어 박아둔 물외장아찌 꺼내 얇게 썰어 무치면 이가 부실해도 먹을 만했다. 이제 갓 돋은 머위 무쳐 묵은 것에 뉘난 어른 입맛 돌아오게 하는 일은 했다.

할머니보다 어머니는 여러모로 찌는 사람임이 분명했다. 우리 남매조차 학교에서 어른이 와야 할 때 할머니를 불렀다. 가정방문이란 것이 있었을 때 두툼한 방석을 꺼내고 닭을 잡았다. 오빠와 내 선생님만이 아니라 마을에 온 선생님을 모두 불러들였다. 농사짓는 동네서 무엇이든 변변할 리 없었다. 하는 김에 우리가 아는 것이었는데 그 덕에 아래위 학년 선생님들을 알게 되었다. 마을 가정방문 때 선생님을 죄다 부르는 것은 우리 집 전통이었다. 고모랑 삼촌 시절에도 그랬다 했다. 할머니는 시골 사람 같지 않은 언변으로 선생님들을 감동시켰다.

"집에서는 절대로 가르칠 수 없는 것이 자식이오. 몸과 맘이 요만큼이나마 큰 것이 다 선생님들 덕인 줄 압니다. 잘 부탁합니다."

마을 사람들에게는 한 부담 덜어 고마운 일이었고 부엌에서 연기 쐬며 먹을 만한 음식을 만들어내는 것은 어머니가 했다. "니 자식 아니냐." 할머니의 명에 어머니도 군소리 없었다.

삼촌 고모를 가르친 일본인 선생님들 사이에서 할머니는 높은 교육을 받은 사람으로 알려졌다고 했다. 가을이 되면 찐쌀이라도 한 되박 들려 보내는 것을 잊지 않았다. 안팎을 지휘하며 할머니는 점점 꺽지고 지체 있는 마님이 되어가는 한편 어머니는 반대였다. 일꾼들을 모으기 쉬운 것이 할머니의 두량과 인심 때문이라고 했지만 소찬이나마 정성 가득한 어머니의 음식 솜씨 때문이라고 그들 사이에서 가만가만 소문이 났다.

어머니와 할머니는 달랐다. 농주를 단속하러 세무서에서 나오면 할머니는

"보시오. 탁주 가게 가보고 말하소. 오늘도 한 말 사서 대령하고 일꾼 부리오. 쌀이 남아돌아도 나라가 막아 술 하는 법 잊은 지 오래요."

당당하고 천연덕하게 부글부글 괴고 있는 술항아리를 두고서도 따돌렸다. 어머니는 그러지 못했다. 세무서 직원이 닥치면 얼굴은 붉어지고 맞잡았어도 손이 마구 떨려 술 하는 중이라는 것을 온몸으로 알렸다. 가끔 어머니는 할머니의 폭폭증을 높였다.

은곡 할머니는 내가 초등학교 3학년 때 서른 필의 명주를 주었다.

"여울 때 써라."

삼대가 살면서 은곡 할머니는 며느리보다 손부를 가르쳤다. 장 담그는 것, 된장 가르는 것, 베 나는 것. 대부분의 일을 증조모가 머리를 잡아주고 어머니가 했다.

시간이 많이 지나 큰이모가 왔다.

"너 그 명주 한 필 나 주라."

"없어진 지 언젠데."

"그 많은 거 어쨌어? 너 자랑했잖아."

"장에 나가니까 엑스란 내복 팔데. 물 잘 빠지고 따습고. 시동생들 목내의 빨기도 징했어. 겨울에는 마르기나 했나. 죄 팔아서 엑스란 내의 두어 벌씩 사다 입혔지. 시어머니는 속치마까지 사 드렸지."

"에? 그렇다고 짜치 한 토막 없이 팔아?"

"세상에 그것이 귀한 거 될지 알았간디."

어머니도 멋쩍게 웃었다.

소캐 같은 년

엄마가 좋아하는 고구마 철이네.

벌써 여러 번 먹었네.

먹을 때마다 엄마 생각나.

밤이 꽉 찬 고구마를 엄마는 좋아했어.

늙으면 팍팍한 것이 넘기기 어렵다는데 유독 고구마만은 안
그랬지.

껍질이 쩍 나가고 흰 살이 포실한 고구마를 엄마는 좋아했어.

고구마가 나오기 시작할 때 한 상자 사 보내고 전화하면 엄마
가 그랬지.

"참 맛나다. 그새 밤 들었더라."

목소리까지 흐뭇하고 달콤하게 들렸어.

얼마 지나 잘 드셨냐 물으면 엄마 음성은 풀이 좀 죽어 있었어.

"덜겅덜겅 들어 있어 주워내니 몇 개 안 되더라."

맞아, 엄마.

고구마 한 상자에 먹을 게 얼마나 있겠어.

네댓 개씩 삶아 두어 개 먹고 몇 개 쥐고 회관 갈 때 가져갔으면, 그러기를 몇 번 하면 바닥이 보였겠지.

엄마 미안해.

까짓 고구마 떨어지는 것을 안타깝게 했을까. 딸년이 못됐어.

어느 해 내가 갔을 때 엄마는 장에서 사온 고구마를 쪄 내오데.

밤고구마가 아니었어. 밤 안 든 고구마는 우리 밭에도 있었지.

이것저것 분지르던 엄마의 얼굴엔 낭패한 빛이 역력했어.

엄마가 누구 험담하는 사람인감.

그날 하더라고.

"썩을 놈이다. 김칫국 없이는 안 넘어가는 고구마라고 외더라.

젊은 놈이 대낮에!"

그러고 보니 엄마가 욕한 사람이 또 있네.

청문회 때 전두환더러,

"대통령 했으면 되었제 돈까지 퍼먹었다냐? 사람 죽이고!"

엄마, 내가 타클라마칸 사막을 여행할 때 발이 빠지는 모래밭
에서 폭풍 눈물이 나왔어.

"내가 여기까지 왔어, 엄마. 먼 데 갔다고 했잖아. 엄마 나와
봐!"

내가 그동안 씩씩했는데 그날, 해지는 시간에 찾아든 낯선 도
시의 숙소에서 많이 울었다고.

엄마, 할머니가 엄마 흉 뭐라고 본 줄 알아?

소캐 같은 년이라 했어.

목화에서 씨를 뺀 솜을 우리 지방 말로 소캐라고 하잖아.

어릴 때는 다래라고 했는데, 연하고 달콤해서 먹었어.

그다음 솜이 되는데 아무 맛이 안 났지.

엄마 나는 알아.

엄마는 스스로 솜이 되었지.

엄마의 방어 기전이었을 거야.

매운 시집살이, 남편의 깔깔함과 외도.

자고 나면 큰 농가를 짊어지고 나가야 하는 노동.

엄마가 촉촉하고 여린 감성을 가졌다면 실성하지 않았을까.

어느 날 엄마의 중얼거림을 들은 적이 있어.

"이 집구석은 뱀을 독사로 맨들었지."

네가 살다 온 곳이 어디냐

개를 팔았는데 몇십 리 떨어진 옛집으로 돌아왔다는 얘기가 방송에 났다. 영리하고 의리 있는 개라고 떠들었다. 엄마는 코웃음을 친다.

"그런 일 없다냐. 흔한 얘기 가지고 호들갑 떤다"는 소리다.

엄마가 기르던 개 이름이 진도였다. 혈통이 진돗개인지는 알 수 없으나 귀가 쫑긋하고 꼬리가 말려 있으며 말귀를 잘 알아들어 조상이라도 섞여 있을 것이라 짐작하고 백구, 황구, 메리, 순희, 동희 등 그동안 불렀던 이름하고는 다르게 유명한 이름 진도를 따왔다.

진도는 흔히 개들이 하는 버릇으로 벗어둔 신발을 물어뜯는다거나 젖은 발로 마루에 올라 발자국을 낸다거나 남의 집 닭을 잡아버리는 일 없이 누가 대문에 들어서면 짖을 만큼 짖고 조용하라면 그치고 가만히 앉아 추이를 보았다. 사람으로 치면 신사라 할 수 있었다. 짐승이라도 아무 데나 입을 대지 않고 먹으라고 주는 것만 먹었다. 속이 꽉 차고 기품이 있었다. 아주 오랜만에 친정 가는 나도 알아보고 꼬리를 흔들었다. 눈썰미 있고 점잖은 진도는 할머니, 아버지, 어머니 노인 셋의 끈끈한 가족이었다.

새끼도 몇 배 낳아 마을에 퍼뜨린 후손도 많았다. 어느 날 엄마가 땅이 꺼지듯 한숨을 쉬며 전화를 했다.

"진도가 나갔다."

"오겠지."

"사흘째다. 집 보다가 개장수한테 잡혀간 게 분명하다. 그 나쁜 놈. 남의 개 잡아다 복달임에 팔아먹은 놈. 그런 불량한 놈. 어쩔까나, 우리 진도 불쌍해서."

진도는 내가 다녀올 때도, 엄마가 밭에 갈 때도 얼마간 따라오다 멈춰 가는 모습을 지켜보았다. 그리고 돌아가 마루 앞에 오똑하니 앉아 집을 보았다. 엄마는 정을 못 끊고 날마다 대문을 쳐다보았다. 내가 가면 반가운 표시로 살짝 기대던 진도가 그런 최후를 맞았다는 생각에 며칠 잠을 못 이뤘다.

2년쯤 흘렀다. 잊었는지 엄마는 더 이상 말하지 않았다. 그러나 진도를 잡아간 그 나쁜 놈은 잊지 못하고 말만 나오면 증오를 했다. 진도가 새끼까지 배고 있었다는 것이다.

노인 셋이 마루에 앉아 망중한을 보내고 있었다. 열린 대문으로 아주 조금 얼굴만 내민 개가 아까부터 엄마 눈에 띄었다. 개도 조금씩 우리 집을 엿보고 있었다. 불현듯 진도가 생각난 엄마는 우리 진도가 살아 있었으면 했단다. 진도라는 말이 떨어지는 순간 개가 뛰어 들어왔다고 했다. 여위고 윤기 없는 털을 가진 개는 아버지, 할머니, 엄마를 마구 핥았다는 것이다. 털도 검어진 개가 끙끙 울어대며 몸을 부비는데 요모조모 뜯어보니 다름 아닌 진도더라는 것이다.

이산가족 상봉이라도 한 양 엄마는 진도 구완에 매달렸다. 진도는 옛 모습을 찾아갔다. 부드러운 털과 촉촉한 콧망울과 교감을 하는 눈빛이 되었다. 엄마는 가끔 진도에게 말했다.

"새끼는 왜 그냥 두고 왔냐? 달고 와야지."

마을 사람들까지 의견이 분분했다. 잡혀가다 차에서 뛰어내렸을 것이다, 들개가 되었다가 어쩌다 길을 찾게 되어 왔을 것이다, 살다가 옛 주인이 그리워 왔을 것이다. 진도는 아무런 답도 하지 않았다.

진도와 다시 밀월이 되고 엄마는 가끔 손에 든 물건으로 때렸다.

"너 어디 살다 왔어? 몇 년을 살다 못 살겠어서 왔어?"

몸을 회복하고 다시 새끼를 가졌을 때 엄마는 또 혼을 냈다.

"그 집구석에 가서도 세 배는 낳아주었지야. 그런데 그렇게 못 얻어먹고 말라서 왔단 말여?"

마치 바람피우다 들어온 것처럼 이리저리 밀면서 혼내다가 우리가 "다시 보내!" 하면 깜짝 놀라 진도를 안았다.

"행여 그런 소리 말어라!"

나, 마늘 캐야 한다

많은 사람이 자기 어머니를 기리는 글을 썼다. 서정주가 그랬고 이혜경 그리고 『엄마를 부탁해』의 신경숙이 있다. 많은 사람 중 내가 언급한 이는 몇 명일 뿐이다. 88세의 엄마, 언제나 그 자리에 계실 줄 알았다.

한번 오세요, 하면

"나 배추에 물 줘야 한다."

"마늘 캐야 한다."

"완두콩 따야 한다."

엄마는 가대 큰 농갓집에서 계절과 함께 컨베이어벨트처럼 돌았다. 봄이면 봄, 여름이면 여름, 가을과 겨울을. 뙤약볕에 밭 매는 것도, 콩 타작을 하는 것도, 김장을 하는 것도 엄마에게는 커다란 자연과 손잡고 여러 해를 하는 사이 그만 손쉬운 것이 되어버렸다.

그런 엄마가 보따리 한 개를 압축하여 들고 내게 왔다. 조물조물 만들어 내던 반찬, 얼큰 시원한 생선찌개, 홍어 무침은 또 얼마나 일품이던지.

여윈 등과 가느다란 정강이, 이리 굴리고 저리 굴려 종이 기저귀를 차는 신세가 되었다.

성질 납작하던 어머니가 할머니 가고는 조금씩 변했다. 마을에 나이 드신 분들이 점점 세상을 떠 어머니도 위에서 몇 안 되는 어른이 되어갈 때다.

"무슨 반찬을 그렇게 먹고 사냐. 나는 그 집 것은 죽어도 못 먹겠더라"라든가 "모시를 돌돌 말아 올라가게 푸세를 해 입혀 보내는 여편네" 등의 흉을 보았다. 밉네 곱네 하면서도 우리 집 양반이 누구라고 할 때는 인물 자랑도 좀 들어 있었다. 안 그런다 하면서도 솜씨가 남다르고 제 것 양이나 있는 유세를 은근히 부렸다.

엄마 그 괘나마 다시 부려봐요!

내 생일

조금 기다려 곧 돌아오는 설에 닭을 잡자며, 자신도 나를 낳고 무국으로 산구완_{산후조리}했다고, 묵은 불 일어나면 어머니가 내 놓던 내 생일이었다. 나를 낳던 때의 어머니는 할머니 휘하에서 쪽도 못쓰고 있을 때였다.

"나쁜 성정이 밖에서 들어온다냐. 내 속에서 이는 것이다" 하던 할머니. 명언과 고사성어를 종종 쓰던 할머니는 며느리로부터 공박이 있게 될 거라고 영 생각을 못 한 모양이다. 며느리를 쥐 잡듯 잡을 때는 훗날 자신이 방에서 똥 싸게 될 줄은 전혀 계산에 없었을 것이다. 내가 예순일곱을 맞게 될 날이 있을 줄 몰랐듯이.

친정에 갈 때마다 할머니에 대한 어머니의 잔소리가 좀 과하다 싶어 우리가 나서면

"내가 오줌 지리지 말라고 했지 뭐라 했냐."

어머니는 내가 뭐 틀린 말 했냐는 표정이었다. 그러나 순간 자신도 실수를 깨달았다.

"지금 할머니한테 그 주문이 가장 어려운 일인지 몰라요?"

어머니도 한때 어른 무서운 줄 알고 조신했다. 내가 결혼할 때 "행여 시누들 왔을 때 시어머니가 뭐 좀 주고 싶어 대청에 들어가면 그 앞에서 서성거리는 것 아니다"라고 하던 양반이었다. 생각해보면 어머니의 시집살이는 지루했다. 그도 늙어 있었다. 그렇게 뱉고 체신이 순간 무너진 어머니도 무안한 얼굴이 되었다.

김치 담그고 메주까지 쑨 다음 몸을 풀었는데 그만 너무 늦어져 설이 임박해버렸다. 여자 하나 낳은 게 대수인가 곧 대명절 설이 중했지.

"술 담그고 떡 치고 엿 고와야 했겠지. 늦어질 거면 좀더 있다 낳아야지. 나도 애먼 한 살 더 먹게 되고 말았잖아."

엄마도 할 말이 있었다.

"여자가 정월 초에 나오면 쓰냐."

중학에 들어가 처음 배운 뚜덕뚜덕한 영어 실력으로 나는 할머니께 횟대보에 쓰인 글을 읽어주었다. 그러곤 해석을 덧붙였다. "저 말이 예술은 길고 인생을 짧다는 말이여." 나는 한 번 더

할머니 앞에 더욱 혀 꼬부라진 소리로 영어를 읽었다.

"고모가 수놓고 시집가버린 횃대보횃대에 걸어놓은 옷을 덮는 큰 보
자기가 벽에 걸린 옷을 가리는 것 말고 그런 말까지 있어? 저것
이 장미 그려진 보자기만이 아니고 뭔 말까지 있다고? 그런디
그 말이 뭐시여. 아 인생은 짧고 예술은 길다고?"

할머니는 긴 상념에 잠겼다. 그러더니 단호하게 말했다.

"무슨 모르는 소리. 인생이 짧은 것이 아니다, 암!"

조선에서 태어나 일제강점기를 지나 해방과 전쟁을 겪으며 인
생의 부침을 너무 많이 본 할머니는 굽이굽이 인생을 길다고 보
았다.

왜 두 분은 안 계시나. 생일날 내가 받은 봉투 나눠드릴 텐데.

병동

새벽. 방앗간도, 잘 가는 카페도 깜깜하다.
　이렇게 일찍 일어나본 적은 없다.
　병원의 밥은 6시 30분이면 시작된다.
　늘 새로운 반찬이긴 하다.
　그러나 기운 돋을 식단은 아니다.
　연명하라는 정도다.

　병원에 오니 다 반겨주신다.
　저렇게도 사나 싶게 드시는 모습을 보여준 적 없는 할머니.
　같은 병원에 근무하는 아들이 시간 날 때면 찾아주어 의기양
양한 분.
　책 읽고 뭔가를 쓰는 분.

기억력이 젊은이 못지않아 몇 년 몇 월 하며 지난 일을 얘기하는 분.

풍으로 일어나지도 못하고 숟갈을 드는 것도 불편하나 작은 도움의 손길을 감사해하는 분.

도심 속의 8층 건물에 노인 환자가 빼곡히 누워 있다.

병원을 나서면 바로 앞에 술집과 식당, 옷집이 있다.

얼마 전까지 그 거리를 활보하던 사람들이다.

내가 아침마다 가는 이유는 술 마시고 노래하고 옷을 골랐던, 양산을 쓰고 외출하거나 시장 바구니에 먹을 것 가득 담아 집으로 총총히 갔던 시간이 언제였던가 그만 되돌아갈 수 없다는 절망감을 잠시 잊게 하는 것이다.

숟가락 위에 올리는 어느 반찬도 달갑지 않은 엄마.

사람은 이렇게 사위어가는 것인가.

엄마, 미안해

엄마 어제 생신이었네.

언젠가 사돈네 팔촌쯤 되는 이가 이웃에 사는 딸네 집 옴서 해온 떡을 우리 집에도 줬어.

팥시루 떡이 맛있었어.

무슨 떡을 저까지 주시냐고 인사말을 했더니 시집간 딸의 첫 생일은 엄마가 쇠주는 것이어서 왔다고 했어.

돌아가신 분도 첫 생일은 쇠주는 거라며?

들은 말이야.

배 한 개, 사과 한 개, 송편 다섯 개.

엄마에게 가보니 칼도 안 가져갔더라.

봉지도 못 뗐네.

사실 엄마한테는 내가 인색한 딸이었지.
옷 한 벌 터억 못 해드렸네.

엄마보다 자식들 키우는 내가 더 여유 없다는 생각만 했어.
엄마 미안해.

엄마 지금 눈물 나.
엄마 용서해줘.
엄마.
그래도 엄마 지금 아버지 옆에 있잖아?
성질은 와지끈했지만 엄마의 자식보다 더 인정 많은 아버지
잖아.

엄마……

풀전

아침에 반찬으로 풀전을 지졌다.

밥 먹을 시간보다 일찍 동트는 하절기.
엄마는 일어나 우선 채마밭을 한 바퀴 돌지.
어제 꽃이 떨어졌나 싶은 애호박이 밤사이 먹을 만하고
가지, 깻잎, 정구지, 풋고추 하여튼 밭에 고기는 없잖아.
소쿠리 한가득이지만 어제도 그제도 먹었던 거란 말야.
모두 썰어 밀가루 한 줌 넣고 버무려 지짐을 부치는 거지.
잘하면 달걀이 들어가기도 했어.
그래도 기름 둘렀다고 젓가락이 거기로 모였어.

엄마는 겸손했어.

잘 먹어주는 식구가 고마웠지.

누군가 치하라도 해주면

'풀만 넣었는데요' 하면서.

엄마의 풀전 부치던 계절이네.

회충약 엄마 주려고

나 오늘 얼마나 놀랐는지 몰라. 집에 와서 생각해보니 어떤 방법으로든 그런 날이 결국 올 건데 말이지. 오늘 처음으로 CT라는 것을 찍었어. 얼마 후 있을 수술 때문에 그 전에 여러 검사를 하는 건데 조영제를 맞을 때 간호사가 오더니 두꺼운 마스크를 씌우는 거야. 기다리는 사람이 나뿐만이 아니고 여럿이었는데 나한테만 씌우는 거지.

수술하려는데 감기라도 걸릴까봐 그러는 건가 했어. CT 찍고 심장초음파를 하는데 거기 선생님이 묻는 거야.

"기침하세요? 언제부터요? 마스크 쓰라고 한 것은 먼저 찍은 엑스레이상 폐에 이상이 보여서 그래요. 결핵일 수도 있고 암일 수도 있어요. 아직 판독 결과는 안 나왔어요."

쳇 뭐람. 무슨 일 하냐고도 묻대. 갑상선 수술보다 그 걱정이 더 큰 거야. 명색 사람 모이는 식당 아닌가.

드디어 주치의 앞에 앉았네. 간호사가 이제까지 한 검사의 판독 결과를 뽑아 의사 앞에 놓았어.

"폐에 무슨 자국이 있는데 아무것도 아니네요. 암이나 결핵이랑은 상관없는 거예요."

참 다행이었어. 수술 날짜 받고 왔지. 갑상선 절제 수술. 뭐 그런 일조차 안 겪겠냐고, 사람이 살면서.

엄마 기억나? 엄마가 아팠을 때. 한의사가 진맥을 하고 뱃속에 나쁜 피가 뭉쳤다며 녹여내는 약을 지어줬는데도 차도가 없었잖아.

학교에서 회충약을 나눠주는 날이었지. 분홍색의 납작한 풍선껌 모양이었는데 달달했어. 선생님이 다 나눠준 뒤 두 사람 몫이 남았다며 꼭 필요한 사람은 손을 들라고 했어. 워낙 먹을 게 부족했던 시절이잖아? 과자 맛을 더 보고 싶어서인지 동생들이 있어서인지 약은 두 사람 분이었는데 여럿이 손을 들었어. 딱하게 여긴 선생님이 눈을 감으라더니 꼭 필요한 사람은 손을 들고 있으라 했어. 엄마, 나도 손들었어. 동생도 없고 약 사먹을 형편도 되는 내가 손을 내리지 않자 선생님이 앞으로 나오라 했어.

왜 필요하냐?

내가 막 울었어.

지금 우리 엄마 아파요. 엄마 줄 거예요!

선생님이 나 쳤어.

약 가지고 달려 집에 오니 엄마가 없네.

광주 큰 병원에 실려갔다고.

엄마가 낫고 나서 그랬지. 누군가 강아지를 안기며 강을 건너라 했다고. 강을 다 건널 즈음 오빠랑 내가 생각나 뒤돌아 달려왔다고. 엄마가 절명 직전까지 가자 한약에만 의존하다가는 안되겠다 싶어 광주로 간 거야.

그 옛날 배를 길게 가르고 엄마가 한 수술에 비하면 내 갑상선 수술은 아무것도 아니지.

딸의 후회

아직도 아침에 일어나면 전화할 데가 있는 것 같다. 누구나 거기까지 가봐야만 그곳을 알 수 있다. 주변에서 부모 떠나보낸 얘기들을 할 때는 느낌이 없었다. 적막강산이라느니 고아라느니 무수히 들었던 말들이 와닿지 않았다.

아는 이가 고향 산소에 갔다가 머리 숙이고 갈 집이 없어 마을 시정에서 하염없이 앉았다가 그만 자매들 붙들고 울었노라고 했을 때 충분히 이해가 됐다. 나도 엄마가 가신 뒤였다. 길을 걷다가 느닷없는 목울음이 터져나올 때가 있었다.

어디서 읽었던가 들었던가. 살면서 너무 험하게 입고 먹으며 고생할 일이 아니더라. 차라리 빚지면서도 화려하게 살았던 부모는 사무치지 않더라. 수제비 보면 수제비밖에 못 먹었던 부모가 생각나고, 맛있게 구운 고기 앞에서 못 드시고 세상 떠난 부모가 생각나 가슴에 맺힌다는 것이다. 차라리 헤퍼서 자식들 힘들게 했더라도 잘 누린 부모가 가신 뒤 아프지 않다는 것이다.

그럴까. 그럼 덜 아팠을까.

엄마의 순종이, 지나친 참을성이,

한 번도 꿈꿀 줄 몰랐던 다른 세상이,

그 묵묵함을 왜 딸년은 손잡고 이끌 줄 몰랐을까.

3부 되돌아보는 삶

1980년 5월

생선 사다 간하여 볕에 말리고, 그늘에 앉아 고구마줄기 껍질 벗기고, 누가 시장에 다녀오며 뭐가 싸더라 하면 아이 업고 그쪽으로 가 덕분에 좀 헐하게 사고, 세탁기 두고도 손빨래 많이 해, 물이며 세제도 아껴 알뜰한 주부 노릇을 하던 때, 우리를 휩쓴 도시 전체의 억압과 폭거를 목격했고, 분노와 울분과 항거로 뒤엉키는 것을 보았다.

열심히 노력하면 보람 있는 후일이 있을 거라는 등식은 흔들렸다.

믿을 정부도, 위정자도 없었다.

정신이 좀처럼 차려지질 않았다. 어떻게 살 것인가, 아이들을 어떻게 키우는 게 옳은가, 가치관도 존재감도 삶의 의욕도 없이 우리는 그저 했던 일이니 관성으로 움직였다. 시금치 나물 하나도 듣고 물어 맛을 낼 노력을 하던 예전의 아낙은 세상살이가 심드렁해지는 몸의 변화를 느꼈다.

능동적으로 살고 적금통장처럼 조금씩 향상되는 삶의 기쁨을 맛보았던 것이 참으로 우스꽝스러워졌다. 시멘트 바닥에 물 담은 통을 두어 낮 동안 데워진 것으로 애들을 씻기던 나를 내가 비웃었다. 언제든 사람은 어디서 어떻게 될지 모른다.

비장함과 허허로움과 무기력으로 보냈던 1980년 5월.

5·18의 한가운데를 우리는 수수방관자로 살았다

처음에는 5·18을 민주화 운동이라고 하지 않았다. 방송은 연일 폭도라 했다. 소문은 수그러들 줄 모르고 갈수록 흉흉해졌다. 공단 입구에서는 서울에서 지원 오는 대학생들이 비아에서 모조리 총살당해 죽었다고 했다. 비아 쪽에 사는 사람은 걱정스러운 전화를 걸어왔다.

"공단 입구에 수백 명 죽은 시체를 쌓아놨다는데 어쩌냐?"

나는 자박자박 걷는 아이와 업어야 하는 아기를 키우고 있었다. 단독주택 이모네 이층에 세 들어 살고 있었다. 이모 또래들은 육아에서 벗어나고 나이를 먹어 너른 친분관계를 유지하던 때였다. 삼삼오오 모여 시국 이야기를 했다. 대부분 들었다는 말들을 전했다.

폭도들이 차를 탈취하여 시내를 돌고 약탈을 일삼는다고 전

하는 건 방송이었다. 군인이 그들을 진압하기 위해 유혈 사태가 벌어지고 있다고 했다. 시민들은 무차별 학살에 대해 논했다. 어른들이 말하는 소문은 분노를 일으키게 했다. 마구잡이로 죽이니 시내는 시체로 가득하다는.

그분들에 비해 퍽 어린 나는 적개심을 키우는 말들을 함부로 해서는 안 된다고 생각했다. 휴교령으로 집에 있던, 혈기 왕성한 고등학생이 부모의 만류에도 불구하고 집을 빠져나가 시내로 향했다. 쉬쉬하면서 어른들이 전하는 소문은 비분을 참지 못하게 하기에 충분했다.

그 지역에 오래 살고 있는 이모의 조카여서 이웃들과 인사를 나누고 살던 나는 골목 어른들에게 조심스럽게 말했다.

"우리가 실제로 목격하지 않은 얘기는 안 하는 게 좋겠어요. 사태의 장기화가 누구한테 도움이 되겠어요? 비극을 더 키우기만 하지 않을까요."

고향 쪽을 보고 우두커니 서서 이런 일이 어서 끝나기를 기다렸다. 우리 집은 공단 입구에서 가까웠다. 우리 부부를 삶의 낙으로 여기는 홀시어머니가 시골에 계셨다. 건너다보이는 농촌 진흥원의 벚나무가 날로 푸르러졌다.

"지금 나라가 위기를 맞고 있는데 너는 무성한 잎을 피우니?"

아이를 달래면서 막 울었다. 잎이라도 떨구어 우리 마음을 대

변해주지 못하냐고 성화를 부렸다. 다행히 전화나 전기가 끊기지는 않았다. 어느 날 남편이 직장 동료한테서 전화를 받았다. 뭐하고 지내냐고 묻는 모양이었다. 남편이 대답했다.

"집에서만 지내. 차만 다녀도 시골에 가겠는데 애들 때문에 걸어갈 수도 없고."

"나는 날마다 도청으로 가."

"무섭지 않아?"

"나는 선생이야. 후일 증언하기 위해 나가는 거야."

남편은 가책을 느낀 모양이었다. 비겁함이 부끄러웠던지 시내에 나가보겠다고 했다. 나도 아이를 걸리고 업고 따라 나섰다. 화정동에서 나와 농성동 주택가를 지나다가 남편이 한 노인에게 인사를 했다. 노인은 남편에게 어디를 가느냐고 물었다.

"동료에게 전화 받고 나옵니다. 저도 증언을 하자면 봐야 하겠어서 나왔습니다."

남편도 학교에 근무했다. 노인이 좁다란 골목에서 팔을 벌려 우리를 막아 세웠다.

"증언은 내가 하겠네. 어린것과 아녀자 데리고 어딜 가. 돌아서게."

우리는 되돌아섰다. 남편한테 저분이 누구냐고 물었다. 초등학교 때 선생님이라고 했다. 머리가 흰 노인에게 남편은 아직도 보호받아야 할 제자였다. 사실 조심스럽기 그지없는 발걸음이었고 겁나던 차에 선생님이 우리를 막아주었다. 성난 시민군에 편승할 용기도 없고, 마구잡이로 총검을 휘두른다는 진압군과 마주칠까봐 두렵기도 했다.

우리는 돌아섰다. 딸기가 시내로 들어오지 못해 하우스 농사를 망쳤으며 우유 집유차가 안 오는 바람에 목장에서는 우유를 버린다고 했다. 방송은 오로지 시민 탓만 했다. 어느 날 밤 텔레비전은 방송국 화재로 먹통이 되었다. 차라리 안 보고 안 듣는 게 나았다.

5·18의 한가운데를 우리는 수수방관자로 살았다. 시장이 열리지 않았고 가게의 식료품이 떨어지자 이모와 친구들은 이웃 방부동으로 열무를 사러 갔다. 머리에 이고 온 채소를 내게도 한 다발 건네주었다.

"사람들이 밭에까지 와서 사는 바람에 비싸기도 하고 그나마도 얼마 없더라. 물 많이 부어 흥건하게 담가라. 이런 때일수록 나눠 먹어야지 밭이 가깝다고 우리만 먹을 수야 없잖아."

나는 우리 고장의 아픔을 보면서, 핏빛으로 변하지 않는 푸른 하늘을 보고 울었고, 이런 살육은 기어이 책임을 물어야 한다고 생각했지만 한 발짝도 내딛지 못하는 어린아이의 엄마였다.

어느 날 총소리가 났다. 또 어디서 전화가 왔다. 이층이어서 더 위험할 테니 창문에 이불을 치라고 했다. 총알이 솜을 뚫지는 못한다는 것이었다. 나는 총소리를 현실에서 들어본 적이 없었다. 영화에서나 들었을 뿐. 남편에게, 총소리지? 했고 어린것과 아녀자를 거느린 속수무책인 가장은 크게 숨을 내쉬었다.

어느 날 나갔다 들어온 남편이 시외버스가 다닌다고 했다. 말할 것도 없이 아이 둘을 챙겨 어디든 우리를 데려다줄 수 있는 차에 올랐다. 공포스런 광주를 벗어나고 싶었다. 차를 타고 간 곳은 친정이었다. 우리는 우선 울기부터 했다. 혼란의 시기에 몹시 그리운 것은 가족이었다. 할머니와 부모님은 무사히 버텨 와준 것이 고맙다며 우리 넷의 온몸을 쓰다듬으며 반가워했다.

화정동에서 차를 탔는데 검문소에서 잡았다. 군인은 아니었다. 두 남자는 뒷자리 사람부터 꼼꼼히 살피고 소지품을 조사했다. 뜨개질로 된 기저귀 가방을 보며 뭐가 들었냐고 물었다. 누가 봐도 우리는 일반 시민이었다. 남편은 홀쭉한 데다 겁 많게 생겼고, 나는 다 클 때까지 장터의 지서 앞을 지나기라도 하면 오금부터 저렸었다. 내가 아기 기저귀라고 했다. 날카롭게 생긴 키 큰 남자는 대답도 듣기 전에 가방을 꺾어보았다. 남자는 그 무렵 검문소 군인들이 하던 거수경례도 없이 내려갔다.

"탈취된 총이 많다잖아. 총 들었나 보려고."

왜 기저귀 가방을 꺾을까 했을 때 남편이 한 말이었다. 6월로 접어드는 친정집 앞 들판은 봄이 익을 대로 익어 초록이 넘쳤다.

나는 하마터면 못 볼 뻔한 집과 들판을 돌고 돌았다. 장에 다녀온 아버지가 장성으로 가는 차가 있다고 일러주었다. 할머니는 우리를 떠밀었다. 우리만 보고 사는 홀로 된 시어머니께 어서 가서 무사한 걸 보여드리라고 했다.

말이라도 하고 싶은 날, 간첩

제사 지냈어. 손님들 2박3일 했어!

　나는 힘들 때 다른 생각 해.

　5·18 지나 정부가 말하는 폭도가 모조리 잡혀 들어갔다. 무거운 침묵의 시간이었다. 폭도의 진압이 곧 평화인지 일반 시민들은 헷갈렸다. 물 밑으로 탐문은 계속되고 있어서 또 누가 더 잡혀 들어갈지 모르는 불안이 있었던 데다 박 터지고 멍드는 이웃 학생을 보며 주먹밥이라도 나눠줬던 이들까지 어떤 낙인을 받을까 시침을 뚝 떼고 있었다.

　시장에 가서 채소 가격 하나도 열심히 깎던 보통 사람들이었다. 시민들은 조금 비열해졌다. 어제 보였던 비분강개와 달리 "어디 그렇게 난리치니 사람 살겠냐"며 살짝 비켜가는 소리를 했다.

누가 고자질할까, 눈치 보는 사람들을 보며 아기 업은 나는 좀 서글펐다.

내게 첫 투표권을 주었던 3선 개헌 찬반 때 나라 편에 서서 열심히 찬성하라고 독려했던 마을 사람이 곧 나라에서 불러들일 것처럼 큰 소리를 치는 모습을 기억했다. 착각과 어리석음. 그때 작은 동네의 분열은 나라가 일으킨 셈이었다.

서석고와 전화건설국이 있던 화정동. 구획 정리가 되어 있고 이층집이던 나름 살기 좋은 동네였다. 집주인은 이런 집을 지니고 사는 자부심이 있었고 세를 사는 사람도 주거환경이 좋아 세가 싸지 않아도 그 정도는 감당했다.

어느 주택에 놀고먹는 젊은 부부가 세 들어 사는데 시장에서 몽창몽창 좋은 것만 사들고 온다고 소문이 났다. 저기 끝과 여기 끝이 거기가 거기여서 며칠 지나면 다 듣게 되고 여자들은 대부분 노는 때여서 남의 얘기 하는 걸 놀이로 삼았다.

특히 남자가 아침에 일터에 나가는 것은 떳떳하지만 대낮에 빈둥거리면 주변의 시선을 받았다. 머리를 밀고 나오는 길은 한 곳뿐이고 여자들은 집안일이 한가해지면 밖에 앉아 이 집 저 집 일에 참견하며 시간을 보냈다. 더구나 그 집 여자가 함께 어울리지 않아 맘 놓고 그 부부 얘기들을 했다. 누군가 '간첩일까?' 했는데 공교롭게 5·18 때 행방불명되었다.

그는 간첩이었다. 간첩이 분명한 이유로는 여러 가지가 있었다. 방에서 나오지 않고 라디오를 들으며 일하지 않고 잘 먹고 사는 데다 부부가 어디를 가 며칠씩 집을 비웠다.

시골에서 부모님이라는 분들이 와 아들을 찾으러 다닌다고 했다. 사람들은 또 말했다.

"거봐. 찾을 리 없지. 북으로 넘어간 게 분명해."

부모와 친척, 그의 아내는 여러 시체 안치소를 다녔지만 못 찾았다.

"쇼하는 거여. 찾는 척해야겠지."

사람들의 말은 아귀가 딱딱 맞았다.

시체를 찾았다! 며칠을 헤매도 못 찾고 고향으로 간 어머니 꿈에 아들이 나왔다.

'엄마, 머리가 이마를 덮었다고 나를 알아보지 못하는가.'

부랴부랴 달려온 엄마는 다시 시체들을 살피기 시작했다. 그 전 어느 시체 앞에서 긴가민가했는데 총상으로 너무 부어 있고 머리칼이 이마를 덮어 알아보지 못했다. 엄마는 내 아들이 아니라면서 일어섰다.

아니다. 엄마는 아들의 죽음을 받아들이고 싶지 않았는지 모른다. 아들을 찾고 소문은 수정되어 되돌았다. 아들이 병약해서 주조장을 하는 부모가 일을 보고 안 할 수는 없으니 내보내 쉬라는 뜻으로 다른 곳에서 살린다고 했다.

돈은 벌어서 대준다고 했다.
가끔 며칠씩 다녀간다고 했다.
간첩으로 조작되기 쉬웠다.
그리 보자면 다 갖추고 있었잖아, 간첩.

반칙왕을 고발한다

우리가 언제 처음 봤을까. 지금의 송정동 신신다방이었던가 그랬다. 어둑한 다방에서 나를 보려는 목적이었거늘 나보다 더 시선을 아래에 두었다. 고개를 들게 한 것은 나였다.

"이쁘지 못해요."

내 말에 마음을 놓는 듯했으나 여전히 나의 면면을 보려는 용기는 내지 못했다. 입맛도 없었는지 아니면 맛대로 골라 먹을 자신이 없었는지, 동행한 윗동서와 같이 때아닌 떡국을 시켰다.

그리고 4월 이후 우리는 한집에 살았다. 어느 날, 황룡 장날에 파마를 하고 와서는 살짝 얼굴을 붉혔다. 생각해보면 고작 쉰을 넘겼으니 아직 풋풋한 여자였지 않겠는가.

아직은 남편 잃은 충격도 가시지 않았고, 들어온 며느리와 주고받을 입담도 없어 일어나면 일부러 밭에 나가 일하는 것으로 정신을 스스로 빼주고 있었다.

나는 송홧가루가 노랗게 쌓이는 마루에서 소반에 책을 펼친 채 평화를 누렸다. 산중의 고요함과 토요일이면 기차를 타고 오는 남편과의 두근거리는 만남이면 족했다.

함께 살기로 약속한 여섯 달이 지나고 집을 나왔다.

반칙왕을 손톱 발톱 빠지게 일을 시킨 것은 우리였다. 우리가 살고 있음은 그가 살아야 할 이유였다. 그 노력의 대가가 고스란히 조달되는 통로의 종착지는 우리였다.

오리를 열 마리 키우면 거의 열 마리가 내 집으로 왔다. 알 낳기 전, 날개 돋을 때, 꼭 그때 잡았다. 어느 날 부엌에 갔는데 그릇에 오리 머리, 날개 끝, 물갈퀴 등속이 담겨 있었다.

"버려요?"

"아니다, 둬라."

그녀가 맛보는 것은 고작 그런 것들이었다. 우리 보따리에는 몸통이 들어 있었다. 밭에서 들고 온 푸성귀, 곡식, 사람이 먹는 것들을 같이 먹고 자란 오리나 닭을 먹어본 우리는 양계장에서 합숙한 것들이 얼마나 맛없는 것인지 안다.

부추가 막 돋을 때 깻대에서 처음 우수수 떨어진 키 밑 깨,

참기름도 가만히 따라낸 맑은 것, 몸에 좋은 것과 여물이 꽉 찬 것은 우리가 수거했다. 마을 앞 들판에 봄이 오면 돌미나리, 씀바귀, 자운영, 광대나물 그것도 씻어 데쳐왔다. 어디서 그런 기운이 났는지 물 한 방울 안 나게 꼭 짠 주먹덩이 나물을 펼쳐놓으면 황룡강이 지나는 들판에 자라는 식용 식물 분포도를 읽을 수 있었다.

어느 겨울, 집에 갔을 때 우리는 차례로 누워 잠이 들었다. 자다보니 내 뒤에 누워 계셨다.

"왜요?"

"문바람 들어오더라."

뭐라고요? 이래서 더 아프다고요. 그래서 당신 아들이 입맛을 잃고 길에서 서성인다고요!

또 어느 해 많이 아파 입원을 하고 위내시경실로 들어가시며 말했다.

"미안하다. 더 살아 너희 살게 해주어야 하는데 죽게 생겼구나."

이봐요! 그래서 당신 뱃속으로 낳은 딸들이 나를 더 미워한 줄 아세요.

지독한 통증의 원인이 젖가슴에 난 대상포진 때문이었고 이후 당신은 비교적 평탄한 노년의 길을 걸었다. 떠나기 이틀 전, 먼 길을 가는 징조는 알 수 없으니 내 일하는 식당에 가 직원들에게 말했다.

"죽고 일주일 쉬면 뭐해요. 먼저 쉬며 손잡고 헤어질 테니 잘들 근무해줘요."

하며 돌아서는데 그만 가셨다는 전화가 왔다.

사랑도 거짓이었나? 임종도 못 하게 훌쩍 가시다니.

내 시어머니를 반칙왕이라 부른다.

나는

나라가 나를 키워준 것은 맞다. 가대가 큰 집이어서 다른 사람들보다 보고 들은 것도 있다. 유과와 가지 약지와 막걸리를 할 줄 안다. 집장과 묵덕장의 맛도 안다.

나는 할머니가 해준 이 말을 무척 좋아한다. "술항아리에 용수를 억지로 사람이 박는다냐. 술이 잘 익으면 가운데가 솟구쳐 용수 자리를 내주는 법이다." 집장의 맛도 잘 뜬 메줏가루에 고춧잎, 납족하게 썬 무, 무르게 지은 찰밥, 배추 속잎을 섞어 자연스럽게 익으면 단맛이 났다. 어른들의 표현대로 순전히 사탕가리 부어 만든 그런 맛을 나도 경멸했다.

늦게까지 공부했던 초등학교 6학년 때 어머니는 일꾼과 후레시를 들고 마중 나왔다. 꼭 먹고 싶은 것도 아니면서 장터 삼거리서 발을 뻗고 앉으면 옆 상점에 걸린 오징어 한 마리를 사와 안겼다. 선생님은 의욕에 넘쳤으나 나는 공부에 욕심이 없었다. 그때 오징어는 싸지 않았다. 울음 밑이 긴 내가 집에 가서까지 칭얼거리면 어른들이 나설 테고 시끄러워지는 것이 싫은 엄마는 속바지 주머니에서 돈을 꺼내 서둘러 입을 막았다. 하루를 학교에서 보내고 저녁에 엄마를 만나 부린 괜한 투정이고 응석이었다.

집에 제사가 많아 군입거리는 넘쳤다. 학교 오가는 길에 보리 모가지를 따 비빌 일은 없었다. 명절이면 옷 한 벌씩이라도 얻어 입으며 컸다. 어느 날 나보다 훨씬 아래인 어떤 사람이 버리지 않고 키워준 부모가 감사하다고 했다. 깜짝 놀랐다. 왜 부모가 자식을 버리냐고 물었다. 살림은 어려웠고 어머니가 많이 아팠다고 했다. 원망 가득한 세상에서 나도 어린 그녀에게 감사를 배웠다.

시월 유신을 알고 삼선 개헌을 알며 선거가 좀처럼 진보하지 않은 것은 유권자가 아니라 구호와 다른 두 얼굴의 정치인 때문인 것도 안다. 가까운 지방의회 의원이 변질되어가는 것도 보았다. 지자체가 되어 지방만의 특성을 살린 살림살이가 아니라 이곳저곳 삽질로 아름다운 강산을 망치는 것도 보았다.

선거가 페어플레이로 이뤄지는 것은 아니라서 내 고장을 위해 나섰다는 사람들이 낙선자가 되면 살림이 거덜나 고향을 떴다. 응원하는 편이 아니면 적이 되는 것을 보면서 지방선거의 방법이 섣부르지 않나 하는 생각도 했다.

5·18의 분노도 다독였다. 좋은 세상으로 가는 과정이었겠지. 어디 민주주의가 사람 위에 사람 있고 사람 밑에 사람 있으려고.

듣도 보도 못한 IMF도 어느 날 알았다. 하나도 남기지 않고 금붙이를 내주며 애국하는 길이라고 생각했다. 평화의 댐 모금 때도 더 주고 싶었다.

연초록이 되어 설레게 하고 붉은 단풍이 들어 기쁨을 주는 자연만이 믿을 것이다. 왜 누가 내게 깊은 환멸을 주었나.

이 가을 돈부 꼬투리 팥 꼬투리 한 개라도 땅에 떨어져 썩을까봐 줍는 마디 굵은 늙은 농부의 모습은 숭고하고 경건하다. 내 식구가 먹고 남으면 이웃 주고 더 남으면 시장에 팔아 국민의 식량이 된다. 이 가을 농부는 조각 햇볕을 찾아 멍석을 끌고 다닌다. 무논에서 쌀 한 톨 만드는 데 협조하지 않은 사람들이 세 끼 꼬박꼬박 좋은 것으로만 먹으며 싸움질하는 것을 어떻게 응징해야 되는가.

결혼 초 신문에 "돼지고기에는 양파가 제격입니다"라는 농민의 하소연이 실렸었다. 그해 이 두 가지는 폭락이었다. 두 식구면서 이것들을 소비하고자 노력했다. 내가 어리석었다고 말하고 싶지 않다.

고모라도 왔으면 했던 가을

겹겹이 가을이 떠오른다.

이런 철에는 울타리 동부가 맛있다.

바람이 찰 무렵부터 따내기 바쁘던 오이가 더디게 컸다.

뒤란에서 철썩하고 제법 무거워진 감 떨어지는 소리가 났다.

여름옷이 애매하다. 고슬거리던 옷은 이제 살갗에 깔끄럽게 부딪혔다.

봉숭아, 백일홍이 마지막 꽃까지 피워내면서 아래에서는 씨도 함께 익어갔다.

찬바람이 불면 입이 부르트지 않아 먹어도 된다는 가지는 몸이 굳어지는 대신 베어 물면 단물이 났다.

두엄자리에서는 느닷없는 참외나 수박이 먹고 버린 씨앗에서 싹텄다.

돼지감자 꽃은 하늘에서 피었다.

팔에 소름이 돋는 것은 바람 때문이 아니라 알 수 없는 그리움이었다.

공연히 나갔다 들어왔다 했다.

그냥 고모라도 왔으면 했던 이런 가을.

흉통의 이유

늦은 귀갓길, 갑자기 추워진 날씨는 지병을 불러온다. 어릴 적부터 귀꿈스런 말을 한다고 해서 어른들한테 퉁생이를 맞은 적이 있다. 울안에서 같이 자란 형제도
"너는 별것을 다 기억한다. 나는 도무지 생각나지 않는데."
하는데 나는 혼자 기억하고 혼자 아프다. 그게 버릇이다.

유신헌법 개헌 찬반 투표는 내게 첫 번째로 주어진 투표권이었다. 우리 집에 이장과 함께 투표 독려를 하러 온 분은 뜻밖에도 존경했던 초등학교 교장 선생님이었다. 대문 밖에 서 있던 그 선생님은 내게 말을 걸지 않았다. 집에 들어온 마을 이장이 반드시 찬성하라고 이를 때 동행한 젊은 선생님과 먼 산을 보고 서 있었다. 내가 게워내는 것은 이런 것이다. 한때의 제자를

반갑게 손잡지 못하고 담 밖에서 시선을 피해 섰다가 돌아서던 모습.

그해 나를 위로했던 것은 어느 신문의 사설이었다.

'금권선거 관권선거 탓하지 말라. 포장 속의 엄지손가락은 누가 끌어가지 않는다.'

집권자들이 발의한 법은 통과되었고 때 묻지 않았던 내 젊음은 허탈했다.

연일 방송이 일러줘 알게 된 이름 최순실, 그리고 자녀가 없어 나라와 국민을 위해 몸 바칠 거라 믿었던 독신 대통령.

"흙수저라고 누구를 원망해보지 않고 살았어요. 그런데 이게 뭐예요?"

인터뷰에 응한, 아기 엄마로 보이는 사람의 말이다. 눈가가 젖어 있던 젊은 분의 마지막 말은 내 가슴으로 들어와 금세 박혀버렸다. 입고 싶고, 먹고 싶은 것 전부 눌러가며 살 수밖에 없는 그녀에게 날마다 거론되는 천문학적인 액수는 생을 얼마나 보잘것없게 만들었을까.

뙤약볕에 일하고 들어와 거동 못 하는 두 노인 목욕시킨 뒤 밥을 떠먹이고 다시 들로 나가기 전 절여둔 채소를 받쳐 김치를 담그던 어머니.

날이 추워졌다. 희망을 꺾는 정치인들 때문에 울음을 삼키는 죄 없는 젊은 아낙과 틈으로 김치를 담느라 돌확에서 고추 갈며 몰아쉬던, 그래서 그만 휘파람처럼 들리던 엄마의 숨소리. 어디서 휘파람 소리가 조금이라도 섞인 음악이 나오면 일상의 고단함을 뱉어내던 엄마의 된 호흡과 땀에 젖은 적삼이 불려온다.

생이 고군분투였던 어머니들. 그만 잊었으면 좋겠는데 떠오를 사람이 더해졌다.

또 흉통이 온다.

의기양양 막내 이모

학교 다닐 때 시골서 올라온 나를 데리고 있었고, 결혼해서도 얼마간 이층에 살게 했던 이모는 살림꾼이다. 김치를 잘 담그고 추어탕도 잘 끓이며 멸치볶음도 맛있게 한다.

교사 남편의 수입으로, 이달은 보너스 나오니 미뤘던 것 사고, 저달은 명절, 또 다음은 김장, 하며 돈을 잘 나누어 계획하고 지출했다. 자식들 옷도 빠지지 않게 입혀 내보내고, 본인도 비싼 옷은 아니어도 유행에 뒤처지지 않게 입고 다녔다. 이모가 명절이면 하는 말이 있다.

"요새 젊은것들 안 좋아한다고 명절에 떡도 안 하는데 그럼 쓰냐? 우리가 개도 아니고 새도 아닌데. 사람이니까 명절도 있는 것이지."

더 재밌는 것은 이모가 불러들이는 동물이 해마다 바뀐다는 점이다. 고양이도 아니고 비둘기도 아니고 사람 아니냐, 하다가 어느 해는 쥐도 아니고 토끼도 아니고, 했다. 웃으며 그것을 지적했더니

"그러디? 사람 아닌 것이 하도 많아서."

하셨다. 한 시대 주부로 빠지지 않던 이모도 기죽는 것이 있었다. 이모는 여학교 출신이 아니었다. 이모의 맏동서는 여학교 나온 사람이었다. 집안 대소사에 여학교 출신인 동서는 일을 못 해도 참견을 해도 또는 안 해도 주변에서 보는 눈이 달랐다.

어느 해, 사람 오는 것도 싫어해 그런 일 한 번 하지 않았던 동서가 웬일인지 초대를 했다며 이모는 다녀오셨다.

"여학교 나오면 그런갑더라. 시금치가 크면 잎 떼서 무쳐놔야지 세 번 집으니 없더라. 세 포기 그대로 무쳐놨어. 비싼 낙지 많이 샀으면 볶아도 놓고 연포도 해야지. 다 삶아서 위에 고춧가루 뿌려놓은 게 전부더라."

그날 이후 이모는 기를 되찾고 의기도 양양해졌다.

실연

가을이다. 어느 해 산에 갔다 내려오며 은행잎이 수북이 쌓인 곳을 걷게 되었다. 내려가면 일행이 헤어지는 시간이었다. 갑자기 젊은 회원이 바닥의 잎을 한아름 안더니 내 머리에 얹었다. 깊은 가을의 정취 때문에 뭔가 아쉬움으로 말들이 없을 때 내가 낙엽비를 맞고 당황하는 순간 사람들은 모두 서로에게 은행잎을 집어 던졌다. 눈싸움하듯 지치도록 던지고 맞던 그날의 기억은 가을이 되면 즐거운 추억으로 떠오른다.

버스에 탔을 때 옆자리 청년이 전화를 하고 있었다. 꽤 오래도록이었고 자연스레 그 대화가 귀에 들어왔다.

"응. 응. 아니야. 너도……."

"아니, 내 걱정은 마. 잘 살게."

"이제 우리 서로 참아야 돼."

"산에 가고 있어. 가서 다 털어버릴 거라고. 낱낱이 버릴 거라고."

내가 내리려고 일어섰다. 갑자기 청년이 통곡을 했다. 전화는 아직 귀에 대고 있었다.

"밤에는 전화하면 안 돼. 밤에는 안 받을 자신이 없어……."

청년의 통곡을 두고 내려 건널목에 서서 나도 간신히 울음을 참았다.

이게 나라냐

뒤숭숭한 나라다. 일이 풀리지 않고, 희망도 불투명한 사람은 고심하여 개척을 꿈꾸기보다 핑계 대기 좋았다. 떠도는 소문 잡아 과장되게 복창하며 아는 척 퍽 했다. 내 불찰이기보다 네 탓이고 본인은 열심히 살았다고들 떠든다.

나는 따뜻한 내 친구를 생각한다. 그는 이런 전화를 했다.

"형님이 나 고등학교 보냈잖아. 조카가 이번에 서울로 대학을 왔어. 내가 갚아야지."

기댈 것 없는 사람들은 대부분 열심히 산다. 그것이 사람 사는 기본이다. 부모님 봉양하고 처자식 거느리고. 우리 세대가 하는 말이었다. 이제는 부모 책임도 면해지는 시대가 되었다. 하나라도 덜어 살기 헐거워진 사람들이 오히려 불만이 많고 허기를 외친다.

배운 것 없고 먹을 것조차 족하지 않을 때를 묵묵히 살아온 어른들이 생각난다.

혹 이 억울함의 토로가 기회를 가진 사람에게 향하는 분노만이 아니길 바란다.

네가 더 누리는 것을 바라며 화내기보다 나도 어떤 사람인가 보자.

이제 문제다.

대통령까지 왈가왈부하는 세상이 되었다.

우스운 것은 언론이다.

게임의 기울기를 보고서야 다 떠든다.

죽은 고기 먹는 하이에나 같다.

새 권력이 들어섰을 때 제발 무딘 칼이 아니길 바란다.

추억이야!

예술의 거리를 걷다가 골동품 가게에 들렀다. 매번 그 거리를 갈 때면 들어간다.

어느 해에 한 일행이 놋그릇을 만지작거리더니 흥정을 하려다 관뒀다.

"고향 가서 하나 얻지 뭐."

푸근하게 생긴 아주머니가 말했다.

"그냥 사세요. 몇 푼 안 되는 것 가져갔다는 말이나 들어요. 고깃근이나 사다주고 가져오면 다 쳐준 건데도 훗날 가져간 것만 말한단 말이우."

그런 권유를 뒤로하고 그녀는 나왔다. 그냥 큰댁에 가서 얻을 요량인 모양이었다.

친정에서 큰일 치른 다음 숙모가 어머니에게 말했다.

"성님 저기 놋양푼 저 주세요."

"그러소."

어머니는 뭔가 담긴 그릇을 비우고 흔쾌히 건넸다.

"엄마 나 주지."

숙모가 가고 엄마한테 말했다.

"그런 소리 말아라. 큰집 것은 얻어가는 것이다."

훗날 화로가 쓸모없을 것 같아 욕심을 냈다.

"엄마 화로 나 줘."

잘 탄 숯 담아 명절이면 고기를 굽기도 하고 방 한가운데 놓아 겨울에 공기를 훈훈하게 했던 화로다. 그뿐이랴. 동정이나 섶을 붙일 때 쓰는 인두를 묻어두기도 했다.

화롯불은 불손으로 잘 다독여 불씨가 오래가게 하는 것이 잘 다루는 요령이다. 반드시 방 가운데 놓는 이유는 횃대에서 옷이 떨어지거나 벽지에 불이 붙어 화재가 날지 모르는 것을 막기 위함이다.

"뜨거울 때 닦아라."

할머니 명령에 젖은 걸레로 문지르면 변이 눈부시게 환해졌다. 무쇠나 옹기화로와는 다르게 귀족적이었다. 어릴 때 화로는 애정 어린 친구였다. 구붓한 날 떡도 굽고 멸치도 구웠다.

이제 가스에 생선을 굽고 난방에 동원할 일도 없어 어머니가 선선하게 내줄 줄 알았다.

"그런 소리 마라. 명절에 향이라도 피우려고 화로 찾을 때 네가 가져갔다고 하면 숙부나 당숙이 너 좋게 보겠냐."

어머니는 그렇게 나를 출가외인으로 몰았다.

오늘 예술의 거리에서 친정집 화로와 닮은 것을 샀다. 끙끙대며 안고 들어오는데 가족의 의아해하는 눈빛과 마주쳤다.

"추억이라고!"

이야기해줘요

이야기를 좋아했다. 나 뭐 먹을 것 좀 줘 하는 것만큼이나 어른들이 한가하다 싶으면 졸랐다. 상 차리면 어른들 앞에 나가기 전 풀썩 뛰어들어 한 가닥 먹어보는 것도 내 버릇이었다.

"지범거리지 마라. 이거 먹어라."

상에 놓고 남은 나물 양푼이 있는데 꼭 상에 놓인 것을 먹어 지청구를 들었다. 정성껏 진설한 제사상의 대추 한 알 집어보고 싶은 마음은 지금까지 있다. 어느 날 할머니가 나를 앉혀놓고 말했다.

"여자가 내가는 상의 음식 막 집어먹는 거 아니다."

"꼭 한 가닥인데?"

"그것은 본이 없는 집안 것들이나 하는 짓이다."

할머니 말이 이어졌다.

"돌아가신 네 증조할머니 친정집에 좀 모자란 딸이 있었단다. 중한 손님이 오기로 해서 상을 잘 봤는데 그 딸이 뛰어들어 집어먹자 그 집 올케가 막 화를 냈어. 전에는 시누가 얼마나 큰 어른이었냐. 이것을 본 시어머니가 나서서 그만 집안 분란까지 났더란다. 그날 속이 상한 시어머니가 딸 이끌고 솥 하나 머리에 이고 집을 나갔어. 아무 때라도 딸 병 나으면 돌아오겠다고. 사람을 놓아 백방으로 찾으러 다녔지. 얼마 후 소작하는 집에 들러 곡식 좀 얻어갔다는 소식이 들려 가보면 이미 떠나버렸고 결국 못 찾았다. 딸의 병이 쉽게 나을 게 아니었지만 무엇보다 마음을 크게 다쳤던 거지."

나는 솥 하나 머리에 이고 어딘가로 떠나는 모녀를 머릿속에 그렸다.

"어느 해 나주 영산강에 큰 물난리가 났니라. 소문에 여자 둘이 물에 쓸려 죽었다고 해서 갔더니 그 여자랑 딸이더란다. 얼마나 고생했는지 나갈 때 입은 그대로 입고 있어 옷 보고 찾았다는 말이 있었다."

지금도 음식을 간보다가 생각은 영산강 하구 모래밭에까지 가닿는다. 반쯤 묻힌 분홍 명주치마 모녀에게까지 미쳐 조용히 가슴에 손을 얹는다.

중국 여행 때다. 불교 신자 몇이 어떤 스님 얘기를 했다.

혼자 사는 어머니가 몸이 약한 딸을 절에 맡겼는데 어느 날 어머니가 어떤 남자와 함께 교통사고로 죽었다는 연락을 받았다. 차에는 이불과 반찬이 가득 실려 있었다. 딸은 어머니가 그 남자랑 정분이 나 살림을 차렸다고 생각했다. 그 뒤 스님의 길을 걸었는데 세월이 흐른 뒤 같은 마을 사람을 만나 '어머니가 딸한테 간다고 스님들 반찬까지 많이 해서 길을 떠났다'는 말을 들었다. 또 맡겨졌던 이웃 절의 어느 스님이 몇 월 며칠 춥기 전 딸에게 이불 가져오는 길에 들르겠다고 했는데 안 오더라는 말을 했다. 생판 몰랐던 차 안의 남자 가족도 ○○사를 지나 일보러 가는 길이었다며 영문을 몰라 했다. ○○사는 맡겨졌던 절이고 그 몇 월 며칠은 그 어머니 사고가 난 날이었다. 출가하고 시간이 많이 흐른 뒤 스님은 퍼즐을 맞추었다.

중국 여행 가서 어디 협곡을 지날 때였다. 안내자가 조심하라고 했다. 모래가 섞인 곳이라 곧잘 무너져 내린다는 것이다. 어쩌다 길을 잘못 들어 길이 한 사람씩 빠져나가기도 좁았다. 앞에 있는 사람이 곡괭이가 있어야겠다고 했다. 우연히 남자 둘 여자 둘이었다. 나는 돌아서 뛰었다. 뒤따라온 그들이 웃으며 혼자만 살려 했냐고 물었다.

"둘둘이잖아! 우리가 압사하면 안내인도 넷이 이탈했다고 할 거고 한국에 있는 우리 아이들이 오해하고 머리 깎을까봐!"

내 고향 여름

대밭에 붙어 있어서 대샅이라 부르는 밭은 집 뒤에 바로 접해 있었으나 대밭까지 울타리가 쳐져 있어서 대문 밖으로 나와 마을 모퉁이를 돌아서 가야 했다. 대가족이라 집안 텃밭만으로는 부족해 대샅 밭까지 이용하면서 여름에는 먹을 게 많아 한참 가야 하는 곳을 마다지 않고 잦은걸음을 했다.

대밭 쪽 그늘에 심은 우산 같은 토란잎은 맑은 구슬 하나를 담고 있다가 건들기라도 하면 또르르 내려뜨려버렸다. 단수수도 있고 몇 붓 넣어둔 참외도 있고 수염이 고스러지면 먹게 되는 옥수수도 있고 얼기설기 엮은 시렁에 노란 꽃을 미처 떼지 못한 물외가 하루가 다르게 커갔다. 자주 다닌 사람이 차지할 것이 많은 울 밖 채마밭이었다.

때때때 날아가는 때때시 친구와 방아방아 찧는 방아깨비와 뒤집어두면 마당을 쓰는 풍뎅이가 함께하는 여름이다.

대숲을 맴돌며 노는 우리 대신 두 삼촌에게선 위기감이 감돌았다. 우리가 타는 그네 옆에 모래를 넣은 자루를 매달고 권투 연습을 했다. 길을 가다가 돌을 주워 아득히 던지기도 했다. 그들이 거처하는 여름 동안 사랑에서는 때로 경쾌한 리듬으로, 때로는 신호탄 같은 휘파람 소리가 났다. 풋고추를 분질러 밥 한 그릇을 순식간에 비워버리는 장성한 아들들을 향해 할머니는 조용히 타일렀다.

"행동들 조심해라. 콩밭 머리에 뜨게들 말고."

여름이면 아낙들이 옆으로 길게 앉아 콩밭을 맸다. 멀리서는 땅에 붙어 있는 것처럼 보였지만 한참 있다 다시 보면 그들은 반대편을 향해 앉아 있었다. 하늘도 땅도 너무 뜨겁다보니 더위를 잊기 위한 쉴 새 없는 이야기는 남의 좋은 얘기, 궂은 얘기를 넘나들 수밖에 없었을 것이다. 밭에 나가기 전 두 삼촌에게 각별히 다짐을 주던 때도 여름이었다.

더위에 지칠 때 아이들은 냇가를 향해 초록빛 들판 길을 뛰었다. 물 많고 좀더 넓은 곳을 향해 작은 개울쯤은 건너뛰어버렸다. 입은 듯 벗은 듯 걸치고 뛰어가는 행렬을 향해 들일을 하던 마을 아저씨가 소리쳤다.

"나란히들 가서 큰일 내라 잉?"

뜨거운 바람결에 여름이면 빠지지 않고 들리는 물놀이 사고 소식은 잠시 우리 마음을 서늘케 할 뿐 먼 곳의 얘기로만 여겨졌다. 조심하라는 표현을 그렇게 하는 아저씨의 말을 듣는 둥 마는 둥 내닫는 아이들을 향해 심덕 좋은 이웃은 또 한 번 소리쳤다.

"보 위로 올라가는 놈 붕알 깐다!"

여름에는 신나는 소나기가 왔다. 할머니와 엄마는 앞 들 구름이 아무리 짙어도 뒷고샅이 열리면 대단찮은 비라며 서두르지 않았다. 뒷고샅이 검으면 달려 집으로 왔다. 마당의 것들을 주섬주섬 치우고 높은 마루에 뛰어오르면 금세 낙숫물이 도랑을 이뤘다.

소나기가 그친 뒤 마을 앞에 나가면 들의 색깔은 더욱 푸르고 어느 맑은 샘에 한 끝을 박았다는 무지개가 하늘 저쪽에 선명하게 떠 있었다.

고집 센 대동 양반의 얘기는 여름이면 빠지지 않고 다시 나왔다. 통보리를 물에 적셔 찧던 시절 보리방아를 물통 방아라고 부르던 때 찧어온 보리쌀은 말렸다. 멍석에 펴 말린 보리쌀이 너무 눈부셔 학교에서 돌아와 어른들이 들일 나가고 없는 빈집이 더욱 어둡고 정적에 묻혀 보였다.

부부 싸움을 하고 드러누운 대동 양반이 마당에 가득 보리쌀을 널어놓고 갑자기 소나기가 퍼붓는데 기어이 마당걷이에 나와 보지 않아서 물에 말아버리고 말았다는 얘기는 찬반의 해석이 엎치락뒤치락거리며 여름이면 되풀이되었지만 끝내 결론은 나지 않았다. 여자들은 여자 편이었고 남자들은 대동 양반이 옳다고 우겼다.

멍석 옆에 생 쑥을 얹은 모깃불이 타고
"무릎 세우고 팽팽히 잡아라."

할머니는 손잡이가 긴 다리미에 숯불을 담아 빨래를 다렸다. 다리기 전 먼저 줄에 널어 밤이슬을 맞게 하고 숯을 피웠다. 불이 사위어가는 정도에 따라 남자 어른 것부터 시작해 모시옷까지 하고 여자 것은 맨 나중에 했다.

여름밤 어머니는 마당 한켠에 솥을 걸고 칼국수를 쑤었다.
밤이 이슥해지면 모기를 쫓던 죽석부채를 멈추고

이슬 맞는다!

쫓기어 방으로 올려보내지기도 했지만 홑이불을 둘둘 감고 잠든 척해서 어른들의 팔에 실려보기도 했다.

모기장 밖으로 보는 하늘은 커다란 이야기책이었다. 밤이면 갖가지 괴물의 형상으로 다가서는 가죽나무와 반짝거려서 속삭이는 것 같은 별들을 보면서 여름날 우리는 영글어가고 있었다.

토마토를 애도함

바랭이, 여뀌, 강아지풀 어지러운 곳에서 또 다른 한 종을 발견한 것은 여름 막바지였다. 어라? 이럴 때 촌놈인 게 나는 너무 좋다.

작년 무등산에서 내려오는 작은 시냇가 한쪽 풀섶에서 틈을 헤치고 올라온 식물의 이름을 거침없이 불렀다. 자잘한 노란 꽃도 피어 있었다.

누가 먹다 버린 것이었니? 물과 함께 흐르다가 먼저 터 잡고 다투어 자라는 풀들에 걸려 있다가 그만 싹을 틔웠구나. 세상에 나왔으니 살아보자고 비집고 존재를 드러내며 꽃까지 피웠단 말이지.

출근 때마다 다리 난간에 기대어 너를 들여다봤지. 덕분에 산에서 재잘거리며 내려오는 물을 실컷 보고. 비가 오면 금세 물이 불어 흐르는데 그때는 깨끗하지 않았어. 먼지, 우리가 버린 오염물들이 씻겨내려간 이틀쯤 후면 한 움큼 떠서 마셔도 될 만큼 맑은 물이 되었어. 이미 뿌리를 깊게 내린 여러 풀은 큰비가 오면 누웠다 일어나기를 반복하며 끈질긴 생명력을 보여주었네.

그래 수수만년 늬들도 이렇게 이 주변을 함께 만든 거지. 무등산만 더 특별하겠냐고. 다 함께 참여해서 만든 정경이지. 가을이 오는데 초록색 열매가 맺히더구나. 그런데 내가 불안해. 내가 말이지 두엄자리 개똥참외를 많이 봤거든. 말도 못 하면서 추워지면 웅크리고 긴장하는 것을 역력히 보았어. 헤어지는 아픔도 있었거든. 다리에 기대어 날마다 빌었네. 어쩌자고 수정까지 했니. 구슬만 했다가 아기 주먹만 해지다가 그러고는 좀더 큰 다음 멈췄지. 다른 것도 몇 개 뒤따라 달렸어. 내가 붉게 익어 상자에 나란히 담겨 가게에 진열된 토마토까지를 꿈꾼 건 아냐. 그사이 여뀌는 꽃피고 바랭이도 강아지풀도 이삭을 털고 겨울을 채비했는데 너만 꿋꿋하더라. 염려 말라는 듯이. 성장을 멈추고 침묵하고 있을 때 나는 생각했지. 과육 속에 씨를 영글게 하고 있겠지. 겉이 붉게 익는 것보다 우선 급하겠지.

무등산 단풍이 점점 붉고 이내 산 아래 마을에 서리가 두 번 내렸어. 미안해 죽겠더라고. 비닐이라도 덮어줘야 했을까? 그래도 너는 서 있더라.

어느 더 추운 날, 네 얼굴이 얼음이더군. 잎은 더욱 짙어지고 열매는 말갛고 누가 뭐래도 생명을 잃은 색이더니 어느 아침 몸 전체를 너와 함께했던 마른 풀 위에 눕혀버렸더군. 풀 속에서 네 모습은 완연했고 꽃을 피워 도도한 청춘임을 드러내 길 가던 나를 붙잡아 세웠잖아. 더군다나 너보다 억세고 넝쿨진 것까지 먼저 자리 잡은 곳에서 보무당당하게 토마토라며 나를 불러 세웠잖아.

다리에서 너를 보는 것은 이제 못 했어. 그냥 다리를 지났지. 그러면서 빌었어. 흘러 흘러 이 도시의 좁은 물길을 지나 저기 영산강 어디 기름진 모래톱에 좀 일찍 태어나 볕 많이 받고 빨갛게 익어보렴.

4부

이렇게 살아요

날벌레

나는 가게 일이 즐겁다. 처음 시작한 2002년에는 오직 소설을 읽고 쓰는 데만 관심 있었다. 2000년대의 소설로는 어떤 유가 탄생할까……. 세상은 그리 다르게 펼쳐지지 않았다. 흐름의 뒤바뀜이 잠시 출현하기도 했지만 결국 유장한 서사가 주도했다. 내 글쓰기의 부족함을 통감하던 어느 날 다른 사람의 권유를 받고 식당을 시작했다. 우스갯소리로 "짚신 장사 수지 안 맞아 업종 바꿔 아이스께끼 팔 수도 있지, 응?" 하면서.

그리고 이젠 쉬운 일이 될 만큼 익숙해졌다. 노동절이라 그랬는지 그날은 오전 손님이 많았다. 오후는 한가했다. 그 시간에 젊은이 한 쌍이 와서 치즈돈가스, 치킨가스, 우동에 알밥을 추가했다. 피곤해서 잠시 기대어 있는데 날카롭게 부르는 소리가 들렸다. 손님은 거의 다 먹어가고 있었다. 아주 작은 날벌레 하나를 앞 접시에 놓고 기다리던 중이었다. 우동에 떠 있었던 것이란다.

우리는 안다. 가게가 산에서 가깝고 하루살이가 많다. 정확히 하루살이인가는 모르겠다. 무리지어 난다. 문을 열어두면 들어오기도 한다. 막기 위해 약을 치기보다는 내버려둔다. 그러면 다시 나가기도 했다.

문제는 국물 요리가 나갈 때 뜨거운 김이 오르고 마침 그 위를 날 때 연약한 벌레는 바로 목숨을 잃고 낙하한다는 것이다. 우동 국물에 둥둥 뜨는 일, 그런 일이 가끔 벌어진다. 나이든 분들은 이해하고 건져낸 뒤 드셨다.

이 젊은이는 신고하겠다고 난리쳤다. 어쩌겠는가. 가게에 벌레가 있는 게 말이 되냐고 했다. 너는 하루살이를 아느냐, 하려다 말 못 했다. 불쾌하게 해서 죄송하다, 음식 값은 내지 말고 가시라고 정중하게 말했는데 젊은이는 사진을 찍고 명함을 뽑아 담으며 씩씩거렸다.

나는 자연의 바람이 좋다.
곧잘 문을 연다.
어쩌냐. 그래서 그날 꿈이 그랬을까.

흰니

내 식당에 젊은이들이 근무할 때 내가 곧잘 하는 말이 있었다. "사람을 사귀어도 몸은 조심해라." 아이는 꼭 마음에 들지는 않으나 적적해 만나는 남친이 있다고 했다. 같이 공부를 하거나 취미를 공유해 뭔가 더 발전해보려는 노력이 아니라 일 끝나면 술집이나 노래방, 극장에 가는 듯했다. 부모와 떨어져 내 식당에서 일하는 데다 내가 더 어른이라는 책임감에 늦은 밤에는 숙소에 들어가 자고 밝은 휴일에 만나라고 했다. 시청 앞 장미가 모두 예쁘더라, 담양의 메타세쿼이아 길을 걸어봐라. 이런 간섭이 거듭되었던지 어느 날 말대답을 했다.

"이모, 사귄다는 말엔 같이 밤을 보낸다는 뜻도 포함돼 있어요!"

나는 이미 폐기된 촌스러운 우려를 굽히지 않았다.

"너는 건강하고, 건강한 사람은 임신을 할 수 있으며, 결혼은 아직 요원한 나이고, 남녀가 사귀다 헤어지는 것은 평생 씻을 수 없는 상처를 남길 수도 있다."

내 말은 설득력이 없었다.

또 한 아이가 있었다. 사귀는 사람이 퇴근 시간에 맞춰 데리러 왔다. 걱정이 되어 뭔가 말해주고 싶었다. 시골에서 올라와 자취를 하는 학생이어서 엄마의 염려를 항상 내가 대신했다. 기다리는 남자는 며칠이 지나면 바뀌었다. 이번엔 무슨 일을 하는 사람이라고 식당 이모들에게 대수롭지 않게 털어놨다.

"사람이 준 상처는 사람으로 풀어야 한대요."

큰소리까지 쳤다. 어안이 벙벙한 표정조차 지을 수 없게 당당했다. 낡은 잣대나마 자꾸 들이대는 것도 이제 거둬들여야 하는 늙은이의 버릇일지 모르겠다. 그렇지만 남의 자식이라고 수수방관할 수는 없지 않은가. 주방의 이모들이 하는 말이 있다.

"가르치는 것이 아니라 우리가 배우는 게 더 많소!"

요즘 아이들의 변화를 보고 하는 말이다.

학교 추천으로 베트남의 훤니가 왔다. 탐구하고 토론하며 일도 잘하는 알찬 사람을 찾는다면 지나치다며 웃겠지만 적어도 시간 정도는 잘 지켰으면 했다. 말 없는 결근도 종종 경험했다.

흰니가 들어올 때 깡마른 몸이며 이국적인 얼굴에 주저했다. 하지만 그녀는 오자마자 내 대답을 듣기도 전에 메뉴판을 종이에 써가며 외웠다. 나중에 연락을 주마 하고 끝낼 생각이었는데 부엌에서 돕던 친구가 우리나라 학생이 유학 가면 이런 입장이 아니겠느냐며 나를 설득했다.

흰니를 보면 결정을 망설였던 내가 미안하다. 젊은이를 보는 편견을 이미 가지고 있었기 때문인지 모르겠다.

우선 시간을 잘 지키고 최선을 다했다. 그럼 된 거다. 언어 교정은 우리 쪽에서도 열심히 돕는다. 흰니는 야물고 각오가 대단하며 바르다. 일도 빠른 데다 넘치는 배려도 거부한다. 일하고 그만큼만 받겠단다.

어느 날 문자를 보내왔다.

"학교에서 축제가 있어요. 참석하고 싶어요."

쉬게 해달라는 말이다. 먼 곳의 부모가 그리워 때로 침울해질 법도 하지만 항상 밝다. 퇴근길에 혼자 흔들흔들 노래 부르며 걸어갈 때 흰니가 외롭구나 생각한다.

"그래라 흰니야. 노래자랑에 나가서 상 타오너라."

내 문자에 흰니는 하트를 날리는 이모티콘을 보내왔다. 공부를 마치고 귀국할 때 따라가서 흰니의 안내를 받으며 베트남을 보고 싶다.

　내가 '어떻게'라고 쓰는 것을 훤니는 '어떡해'라고 써서 뜨끔하다. 우리말을 나보다 더 잘 안다. 이르는 말에 고분고분하다. 그 공손함에 비로소 어른이 더욱 어른스러워진다.

기도

음식 팔아 돈 버는 것이 목적이지만 그게 전부는 아니다. 복잡할 만큼 사람이 밀려오면 최선을 다하기 어렵다. 여유 있게 식사를 즐길 만큼 손님이 들고 주인은 정성을 들일 시간이 주어져야 서로가 흡족하다.

　가끔 농담을 한다. 키 작은 남자가 키 큰 미녀와 와서 밥을 먹고 갈 때 여자가 계산까지 하는 경우가 있다. 남자에게 말한다.

　"복도 많소."

　"예?"

　"여친이 열 번 스무 번 밥 얻어먹어도 될 얼굴이구만."

　아무리 봐도 미녀와 야수가 온다. 그만 묻고 싶다.

　'강남에 집 있구려. 아니면 검사신가.'

　말로까지 한 것은 절대 아니다. 눈이 높으시군요, 한 적은 있다.

아기를 안은 젊은 부부와 머리가 하얀 아버지인 듯한 부부까지 다섯이 밥을 먹고 있었다. "여보, 백수랑 결혼해줘서 고마워!" 하는 소리가 났다. 젊은 남자가 하는 소리인 줄 알았더니 나이 먹은 아버지가 어머니에게 한 소리였다. 젊은 부부도 서로 도와줘 육아가 부드럽다고 어른들을 향해 말했다. 시종 화기애애한 분위기였다.

초등생 남매를 데리고 부부가 왔다. 음식을 앞에 놓아주니 아이들과 엄마가 잔뜩 기대에 부풀었다. 반면 아버지는 화가 나 있었다. 그가 말했다.

"돈가스집인 줄 알았으면 안 왔다고!"

아버지는 먹지 않았다. 여기에 오자고 한 엄마는 점점 좌불안석이 되었다. 아이들은 먹고 아버지는 팔짱을 끼고 앉아 한 점도 먹지 않았다. 엄마도 남편의 불평이 거듭되자 젓가락을 놓았다. 아이들이 접시를 비웠으나 후식도 먹지 않고 그 가족은 떠났다. 아버지는 끝까지 화난 표정을 거두지 않았다.

아버지가 좋아하는 음식이 아닐 수도 있다. 아내와 아이들이 맛있게 먹어주는 것만이라도 봐줄 수 없었을까? 나는 젊은 엄마가 안타까웠다. 내가 돈을 받지 않아 불평이 가라앉는다면 안 받겠다고 말하고도 싶었다.

퇴근하면서 기도를 했다. 그 젊은 엄마가 살아갈 긴 시간이
남편의 좁은 아량으로 다치지 말기를, 소통이 안 되어 너무 외
롭지 말기를, 그 사이에서 어린 상춧잎 같은 아이들이 나풀나풀
기름지고 어여쁘게 자라기를.

조청

사진 찍을 준비는 못 했다. 처음이기 때문에 잘될지 자신 없었다.

　엄마는 섣달이 되면 먼저 조청을 만들었다. 젊은이들이 알고 있는 물엿이다. 처음엔 식혜와 같은 방법이다. 조청은 한 단계 더 나가 밥알을 걸러내고, 물을 달여 *끈끈*한 단물로 농축시키는 것이다. 엄마가 모든 설 준비 중에 제일 먼저 하는 일이다. 산자나 박산에 물엿이 들어가야 하기 때문에 미리 해두고 떠다가 썼다.

　조청 달일 때는 불 조절을 잘 하면서 지키고 있어야 한다. 처음엔 단물이 끓으면서 넘치기 때문이고 농도가 알맞게 되면 불을 재빨리 끄고 퍼 담아야 하기 때문이다. 며칠 불에 달구어진 가마솥은 솥 저 아래 졸여진 결과물을 그만 눌러붙게 하거나

탄 냄새가 배게도 했다. 졸여지기 시작하면 속도가 붙는데 엄마
는 미리 준비한 작은 단지를 놓고 그 시간을 기다렸다.

무명실에 줄줄이 꿴 무나 도라지, 연근정과도 그때 만들었다.
솥전에 실을 걸쳐두었다가 알맞다 싶을 때 꺼내 낱낱이 떼어두
면 정월 상차림에 귀하게 쓰였다.

아는 이가 집에서 한 거라며 떡 먹을 때 쓰라고 조청을 주어
서 잘 먹고 나도 어제 시작해 아침에 끝냈다.

먼저 일반 전기솥에 불린 쌀로 밥을 짓는다. 그다음 따뜻한
밥에 엿기름을 넣고 버무렸다. 그때 물을 네 공기쯤 넣었다. 쌀
은 한 되, 엿기름은 오천 원짜리 두 봉지를 넣었다. 그리고 밥
솥에 아홉 시간 두었다. 식혜는 보통 일곱 시간이다. 가끔 뚜껑
을 열어 삭았는지 살펴야 한다. 걸러서 물만 솥에 붓고 취사 버
튼에 두었다. 그때 반드시 뚜껑을 열어두어야 한다. 넘치면 솥을
버리게 된다. 농도는 수시로 살핀다. 찍어 먹어보니 이렇게 달 수
가. 다음엔 엿기름에 도전하겠다.

제사

시아버지 제사를 지냈다. 위로하지도 말고 치하하지도 마라.

날이 다가오면 머리 무거워했음을 부끄러워한다. 까짓 날마다 지내라는 제사도 아니고. 성주상, 제사상 자리가 부족할 만큼 차렸다. 따라온 귀신 친구들 드시라고 햅쌀로 지은 흰쌀밥 고봉으로 담아 상 아래 놓기도 했다.

시아버지의 장조카인 시숙님과 시누님 세 분. 제사 주관은 종가를 지키는 사촌 시숙님이 했다. 재밌다.

"제수씨, 잔 올립시다."

남편 다음으로 나를 불러 상 앞에 앉힌다. 잔까지는 조신하게 올렸다.

"이배 허시씨요."

메모 지워감서 수시로 장보면서 이틀을 쉴 틈 없이 종종거린

탓인가 두 손을 머리에 올렸는데 양반다리가 안 된다. 더더욱 깊숙이 조아리기가 어렵다.

다음 차례로 시누님 셋이 나란히 섰다. 역시 속으로 난 자식이 제일이다. 탕국을 끓일 때나 멧밥 지을 때 꿈쩍도 하지 않고 소파에 몸을 맡기고 지지배배하셨던 세 분은 이마가 땅에 닿게 절을 하는데 요가를 하는 것처럼 고개를 얼른 들 기색도 없다.

"뵌 적이 없는 아부님. 지가 앞으로도 멧밥 지어 올릴 사람입니다. 맞죠? 절은 좀 그래도 복은 주실 거죠?"

구인광고

구인광고를 내고 전화를 받았다. 목소리가 크고 자신감이 넘쳤다. 먼저 얼굴을 보고 얘기를 나눈 다음 월급을 정하고 채용한다는 우리 계획은 그녀 앞에 내놓지도 못했다. 경험이 많아 못하는 일이 없으니 면접이고 뭐고 할 것 없이 바로 일하겠다고 했다.

준비해온 모자, 신발, 앞치마를 꺼내더니 곧바로 부엌으로 들어갔다. 얼떨떨하기는 했지만 자칭 숱하게 했다는 경험을 믿기로 하고 그날로 그녀는 직원이 되었다. 이미 일하는 두 언니의 말을 들으려고도 하지 않았다. 두루 거치지 않은 곳이 없으니 알아서 하겠다는 그녀는 틈만 나면 손님 자리로 나와 앉아서 큰 소리로 전화를 했다. 작은 공간이어서 직원들 목소리가 크면 안 된다고 하니 중요한 전화라며 밖으로 나갔고, 일이 밀렸는데도 들어오지 않아 불러들였다.

잔반을 음식물 쓰레기통에 버리라 하면 이웃에 가난한 사람이 많다고 했다. 사람이 더 들어와 일이 줄어들까 했던 언니들의 얼굴이 굳어졌다. 언니들을 보고 따라만 해달라고 몇 번 일러도 듣지 않았다. 목소리도 크고 그릇도 함부로 다루었다. 기어이 남은 음식을 모으느라 시간을 보냈다.

언니들은 저이가 계속 일을 하면 우리가 그만둔다는 말을 하고 퇴근했다. 몸도 마음도 피곤한 날이었다. 다 퇴근했는데 그이는 혼자 남아 안 해도 될 일을 하고 있었다. 내일도 일해야 하니 퇴근 시간을 지킵시다, 했더니 시간 맞춰 퇴근한 언니들을 비난하며 마지못해 나왔다.

일은 그날로 마지막인 것으로 하고 끝냈지만 터덕터덕 걸어오며 울적해 견딜 수가 없었다. 그렇게 보낸 그녀도 불쌍하고 이 일에 종사하는 나도 싫었다.

다짐은 어디에 두고

젊은 날엔 지금처럼 반찬가게가 흔하지 않았다. 반찬을 사서 먹는 것이 일반화되지 않았을 때 주부가 익은 반찬을 사먹는 것은 살림 못 하는 여자의 짓이며 구설건지였다.

아이 넷이 한밥 잡힌 누에처럼 먹어낼 때 어미는 늘 지쳤다. 고구마줄기를 손톱이 시커메지도록 벗겨 무치고 통통한 고등어 나오면 중늙은 호박 도톰하게 썰어 홍당하게 지졌다.

"엄마, 우리 물렁해진 호박에 밥 비벼 먹었지?"

오래 집을 떠나 있던 딸이 그 음식을 추억했다.

이제 먹어줄 입이 없다. 영양 보충이라는 구실로 흔히 했던 돼지갈비도 어쩌다 하는데 솥바닥에 오래 붙어 있다 버린다. 구부러진 거라도 많이 받아왔던 오이도 이제는 더 없어줄까봐 걱정이다. 연근조림도 먹고 싶지만 음식은 많이 해야 어우러져 맛이 나는데 저거 만들어 언제까지 먹어야 되나 걱정스러워 한 접시 사먹고 만다.

오늘 내가 미쳤다. 사람들이 갈치를 짝으로 사서 나눈다는 말을 많이 했다. 찬바람이 불면서 살 오른 갈치가 맛있었다는 말들이 생각나 생선가게 앞을 지나다가 상자로 사서 나누자는 어떤 사람의 말에 그만 그러자고 대답했다.

오후에 좀 피곤했는데 시어머니께 찰밥을 해갈 생각을 하면서 구이김이나 사볼까 하고 나간 참이었다. 자고 일어나서인지 내가 아직 아이들 속에 묻혀 살던 때랑 지금을 혼돈해버린 모양이다. 갈치 반 짝을 다듬어 밀어넣고 나서, 냉장고 홀랑하게 담아두자는 백번도 더한 다짐을 순간에 잊은 나를 미워하며 지쳐 앉아 있다.

편하게 해주는 손님

실수를 했습니다. 물 받아놓은 손님의 컵을 밀어 엎고 말았지 않겠습니까. 순식간이었고 그럴 때 전 좀 긴장이 아주 풀려버립니다. 속수무책일 때 말입니다.

"하도 물컵 던졌다는 말을 들어서 저도 한번……"

멋쩍게 웃으며 변명이라는 게 고작 이런 말이었습니다. 남실하게 부어졌던 물은 남자 손님의 양 허벅지에 부어졌습니다.

"날씨도 더워지고 시원합니다!"

남자가 말했고 함께 왔던 일행도

"하다보면 그럴 수 있지요."

하여 편하게 해줬다.

언젠가 한 손님이 주차를 길가에 했나보다. 이웃 아파트에 사는 주민이 지나다 가게로 들어와 앙칼지게 소리쳤다.

"여기가 차 세울 곳입니까?"

나는 손님을 찾아 미리 말씀을 못 드려 미안하다며 주차할 곳을 알려주었다. 손님이 주차를 다시 하기 위해 나갔다. 여자가 소리 질렀다.

"차 가지고 다니며 이따위로 세워놓으면 됩니까?"

손님이 말했다.

"당신도 차 가지고 다니며 말을 그 따위로 하는 거요?"

두 사람의 살벌함이 무서워 나는 미안하다고 하고 들어왔다. 잠시 후 손님이 환하게 웃으며 들어왔다. 나는 미안하다고 다시 말했다.

"걱정 마세요, 사장님. 제가 싸움을 잘해요!"

편하게 해주는 손님이 있다.

오늘 살짝 긴장하기는 했나보다. 너무 남발한다고 부엌 언니들에게 늘 꾸지람 듣는 서비스조차 깜박했다.

고백 1

비가 오면 가슴이 얇아진다. 투명해져 저 안이 훤히 들여다보인다. 두 손으로 가슴을 끌어안아야 한다. 오늘 같은 날 추억할 게 없다는 것이 오히려 부끄럽다. 추억은 좀 과장되는 편이다. 아무리 무미건조했다 해도 인생살이가 거름망에 받쳐지는 것 없을까.

야물딱지기 이를 데 없는 언니다. 남편은 죽은 지 오래고 삼남매는 다 컸다. 아들 사진을 보여줬는데 누가 '남궁원이오?' 했을 정도로 훤했다. 언니는 짱 박혀 일하기를 싫어했다. 돈이 필요하지만 연연하지는 않았다. 아이들을 키워버린 지금은 그랬다. 자기가 일하는 날을 스스로 정했다. 놀러도 가고 자식들 집에도 가고 시간이 맞으면 일을 나왔다. 일을 잘했다. 끊고 맺음이 정확해 다른 사람이 다시 손볼 일 없게 했다. 혼자되고 삶이 막막했을 때 돈 벌기 위해 나와서 처음 한 일이 쟁반을 머리에 이고 음식 배달을 하는 거였다고 했다. 이런 얘기 할 때 우리는 사이사이 끼어드는 반주 같은 잡음을 질색한다. 아주 조용히 경청한다. 조용한 만큼 우리는 언니가 보람 있는 얘기를 해주길 바란다. 우리 모두 누군가가 너무너무 그리울 정도로 종일 비가 왔다.

그때 한 남자를 알았다고 했다. 이어다주고 빈 그릇 찾아오고 거스름돈은 마다하던 사람이 더 쥐여주고 어느 때는 먹는 것을 지켜보라 하고 뜨거운 난로도 옆에 밀어주면서 묻고 답하다 서로의 사정을 알게 되었단다. 그 남자도 혼자. 하지만 남자의 어머니가 두 집 합쳐 자식 다섯이 되니 절대 안 된다고 했다.

분명 언니는 그 남자를 못 잊는 모양새였다. 정갈하고 빠른 손답게 못마땅하면 소리도 잘 지르는 언니가 비오는 덕에 그만 줄줄이 내놓는 고백을 듣고, 해가 반짝 나면 후회할까봐 은근히 걱정하며 아슬아슬한 연애 얘기를 우리 또한 얇은 가슴으로 들었다.

고백 2

가령 첫눈이 온다거나 물든 나뭇잎이 바람에 우수수 날린다거나 봄비가 하염없이 온다거나 할 때 어떻게 가슴에 덮인 것들을 하나하나 벗겨내지 않을 수 있냐고. 여간해서 꿈쩍도 안 할 수 있냐고. 사람으로 태어나 어떻게 나무토막처럼 살 수 있냐고.

첫날 밤 얘기들을 할 때도 있었다. 우리 때 첫날밤은 그야말로 첫날이 많았다.

"나는 막 때렸어. 반지 보석이 돌출된 것이었는데 남편 배를 긁어 상처를 냈어."

"나는 생리 중이었어. 멀었는데 느닷없이 신혼여행 중에 시작되더라고. 남편이 담배 피우면서 자기는 재수가 없는 놈이라고 했어."

"나는 그날 큰애 가졌어."

말 없던 이가 마지막에 이야기했다.

"나는 그 전에 혼수하러 다닐 때 치렀어."

남편이 퇴근해 오기 전까지, 더 이상 놀 거리가 없을 때까지 놀았다. 전도 부쳐 먹고 뜨개질도 하고 김치 담그는 집에 모이기도 해 간 보는 것으로 양푼 하나쯤을 먹기도 했다. 식은 밥 있으면 내놔봐, 하면서 매운 입을 달래고. 쩍쩍 벌어진 하지 감자를 놓고 둘러앉기도 했으며 화투도 쳐버렸다.

이웃집 목련이 하얗게 피었다 지고 어느 집에 수세미나 여주가 처마까지 올라가 대롱거렸다. 누구네 친정 쌀을 열심히 팔아주기도 했던 마흔 즈음까지.

나보다 더 먹은 그래서 내 나이도 부러워하는 한 언니가 어느 날 전화를 했다. 날씨 탓이었겠지.

"자네, 『달과 6펜스』 읽었나?"

"네."

길게 침묵하던 끝에 언니가 입을 뗐다.

"보고 싶은 마음이 일기 시작하면 자다가도 일어났어. 발바닥에 열이 나는데 어떻게 할 수 없는 거지. 치마를 잡고 자정이 넘은 시간에 마당을 맨발로 걸었어. 지쳐 쓰러질 때까지. 발바닥도 닦지 않고 잤어. 사람이 그립다는 것은 정말 못 할 노릇이더군.

이가 모두 솟는 거야. 음식을 먹을 수나 있겠어? 이가 다 흔들려 이내 몽땅 뽑어낼 것 같았어."

그 언니의 전화를 받은 날, 바람이 불었다. 마당에 쳐진 것 날아가 마루에 몽땅 얹혀버리거나 수돗가 함석 물 조로가 뒹굴어 그만 손잡이나 물 나오는 부분이 부러져 못쓰게 되거나 플라스틱 바가지가 공처럼 굴러가 어디까지 가서 박히는 그런 바람 아니라 코스모스 가볍게 뉘였다 다시 일으키는 정도, 이웃집 상수리나무에서 우두둑 몇 개 떨구다가 천연덕스럽게 멈추는 그런 바람이 불었다. 붉은 잠자리가 나무 끝에 앉았는데 엷은 날개를 바람에 맞서 세우고 내리기를 반복하다 못 이기고 그만 날아가버리는 정도였다. 그렇게 가만가만 비와 바람을 굽고 있었다. 아이들은 우산을 가지고 나갔거나 들어와 다시 챙겨 학원으로 갔다. 저녁을 먹여 보냈고 남편은 퇴근길에 곧바로 고향 동창 모임까지 들렀다 오기로 했다. 아이들 먹을 때 같이 한술 더 떴고 요를 펴기에는 이른 시간이며 할 일은 없고 고요했다. 언니는 전화를 들고 서서 마당에 이는 먼지 냄새를 맡았다. 빗방울이 들기 시작했다. 애들 학원에선 기말고사 대비 특강이 있었다.

전화는 길게, 길 수밖에 없이 기분이 가라앉는 날이었다. 그래서 언니는 긴 시간 추억을 더듬었다.

고백 3

여든이 넘은 언니의 서른 살은 노처녀 시절이었다. 언니는 좋은 직장에서 남자 동료와 사귀었다. 사내 연애가 금기 사항은 아니었지만 입에 오르내렸다. 언니는 유행의 첨단을 걷는 사람이었고 당시 작은 도시에서 흔하지 않게 음악다방에 오래 앉아 있기도 했다. 월급을 꼬박꼬박 모아 결혼 준비를 하기보다 옷 사 입고 영화를 보거나 책을 사는 등 문화생활을 즐겼다.

외동딸이던 언니는 홀어머니의 뒷바라지를 받으며 행동의 제약을 입지 않았다. 어머니에게는 일찍 아버지를 여읜 애잔한 딸이었다. 나불나불 자라도록 어머니가 할 수 있는 한 힘닿는 데까지 해주었다. 영화 보는 것, 여행하는 것, 유행하는 옷을 사 입는 것은 어려서 충분히 못 해준 것일 수도 있다고 생각했다. 어머니는 아버지가 없어 부분부분 살피지 못한 것만 생각했으므로 비슷한 옷을 또 맞추는 것, 비싼 등산화를 사는 것, 피아노를 배우러 다니고 곧 할부로 피아노를 들이는 것 등 어느 것도 말하지 않았다.

언니의 이런 자유로움에는 사귀는 남자도 한몫했다. 언니는 늘 까치발을 하고 있었는지 모른다. 남자는 내로라하는 집 아들이었다. 인물도 학벌도 빠지지 않았다. 작은 도시에서 그들은 파다한 소문을 몰고 다녔다. 같은 옷을 입고 산에 오르며 층층이 괴는 도시락을 들고 공원에 가서 펴놓고 앉았다.

그들은 결혼까지 가지는 않았다. 남자는 언니에게 자초지종을 말하지 않고 다른 여자와의 결혼을 선언했다. 집에서 언니를 반대한다는 것으로, 이유는 아버지가 안 계신다는 점이었다.

남자가 신혼여행을 간 일주일 동안 언니의 직장생활은 그야말로 끓는 물에 들어갔다 나오기의 반복이었다. 동료들, 상사, 같은 여직원들 중 언니를 위로하는 사람은 없었다. 그래서 더 외롭고 서럽고 독기가 올랐다. 꿋꿋했으나 사실 속은 그렇지 못했다.

그때 처음으로 직장에서 곧장 집으로 갔다. 언니가 느낀 것은 지나는 길의 모든 집이 낮에는 불을 끄고 있다는 것이었다. 길은 어둡고 담 너머로 풍기던 어떤 집 정원의 꽃향기는 그냥 풍경 속에 숨어 있었다. 가슴이 환했던 날 철공소의 쇠를 깎는 불꽃도 아름다웠다. 방수복을 입은 소금집 아저씨랑도 다정한 미소를 나눴다.

어머니와 언니는 얼음 독에 앉은 것처럼 지냈다. 위로해도 원망해도 울 것 같았다. 울면 이제까지의 자존심이 다 허물어져버릴 것 같았다. 딸은 어머니가, 어머니는 딸이 가엽고 미안했다.

없이 살면서 집 안을 반짝거리게 한 것, 없이 살면서 솜씨가 좋아 제대로 차려 먹는 밥상, 없이 살면서 입성이 있는 사람한테 지지 않는 것, 없이 살면서 일거리가 널린 선창에 가지 않고 고고하게 사는 홀어머니, 보나 마나 딸에게 얹힐 것이며 사위한테 짐덩어리 아니겠냐, 남자 집에서 반대했다는 구절구절은 섞이고 감하고 보태지면서 전달되었다.

그가 신혼여행에서 돌아왔다. 어떻게 입어도 돋보이던 사람이었다. 머리를 짧게 자르고 등짝은 좁아져 돌아온 사람은 오자마자 만나자고 했다. 되물리겠다, 고 말해주리라 기대했다.

"내가 어떻게 살아도 나는 당신을 사랑한다. 이렇게 만나면서 살자."

이 사람이 나에게 식지 않는 애정을 가졌다고 생각했던 언니는 비열하고 욕심꾸러기인 남자를 오래 쳐다보았다. 그리고 그 도시를 떴다.

고백 4

숙은 대학병원 간호사였다. 간호사라는 직업의식이 투철하지도, 그렇다고 맞지 않아 교대근무가 버겁지도 않았다. 두 오빠가 서울로 진학하는 바람에 힘에 부쳐하는 부모를 보았고 직장이 쉬이 연결되는 과를 고민 없이 찾았다. 밤 근무를 하면 낮에는 자는 그런 생활도 아니었다. 적당히 자고 일어나 학원에 갈 수 있었다. 오전에 못 가면 밤에 수강을 허용하는 영어학원에 다녔다. 대기업 다니던 오빠가 해외 주재원으로 가더니 근무 기간을 채우고 그냥 거기 눌러앉았다. 다른 오빠나 부모는 큰오빠가 있는 미국에 숙이가 가보려는 욕심이 있는가보다 짐작했다.

숙에게 그런 계획은 있지 않았다. 그냥 허투루 시간을 보내지 않고 싶은 것뿐이었다. 초등학교 고학년 때부터 재미있게 읽은 소설책은 한 단계씩 높아져 웬만한 국내 소설가며 외국 작가들은 다 알고 있었다. 한 달에 한두 권 책값을 지출했다. 감명받았다고 해서 다시 읽을 마음도 없었다. 나눠주거나 사무실 한쪽에 두고 누구든 그냥 가져가도 된다고 했다. 좋다고 두고 더 읽어보고 싶은 마음이 안 드는 것은 이 세상 언어로 만들어지는 얘기들이 무궁무진하고 책은 쏟아져 나왔기 때문이다. 한 번 본 책을 다시 보는 것은 시간 낭비였다. 여러 언어는 골목을 같은 말로 표현하지 않았다. 다른 책이 필요한 이유였다. 숙은 생각했다. 수학책도 아니고 영어책도 아님서 그런 갈등과 연애 이야기는 한 번으로 족하다고.

읽었어요. 가져요, 하면 상대편은 지출한 책값보다 훨씬 높게 우러러보기도 했다. 단순한 연애를 좀 굴곡 있는 척 쓰거나 몇 집의 사건은 흩뜨려놓은 따위의 글들을 꼭 읽어야 되는 양 언론이 띄우는 경우도 있었고 읽은 사람들은 잘난 척을 했다. 밤 근무를 할 때 퇴근하는 의사가 꼭 책을 얻어갔다. 읽고 돌려주러 오면서 서로 내용을 얘기하기도 했다. 너무 진지해질 때 숙은 살짝 코웃음을 쳤다. 한낱 지어낸 얘기를 가지고.

"숙은 어떻게 생각해요?" 하면

"나라면 왜 그렇게 죽겠어요? 세상은 넓고 할 일은 많은데." 했다.

그러고 보니 숙의 언어는 다 그동안 읽은 책에서 얻어온 것이었다. 그런 것임에도 불구하고 숙에 대한 평가는 좋았다. 새로 바뀐 상사가 어디서 들었는지 칭찬을 했다.

"그렇게 책을 많이 본다면서요?"

"밤만 되면 병원 불이 너무 밝아서요!"

가끔은 동료가 어떤 책은 어렵더라고 했다. 독어인가? 순한글로 써졌더만! 숙이의 속생각이었다.

어떤 사람은 숙이를 오만하다고 했다. 어느 날 원무과에 다녀왔는데 누가 씨근덕거리고 있었다. 동료 간호사들이 눈짓을 했다.

"네가 숙이란 년이냐? 네가 우리 아들하고 가당하기나 해? 알고 봤더니 산수동에서 아버지가 복덕방 하더군. 허, 기가 막혀서."

늘 책을 빌려가고 내용보다 더 심각한 분석을 하던 나이 어린 의사의 어머니였다.

"네가 우리 아들을 좋아해, 감히?"

"제가 어때서요."

하고 싶었던 말도 아니었다.

"내가 어떻냐고요."

"아, 어른한테 대드는 아주 버릇없는 년이었네."

숙이는 머리채를 잡혔다. 그리고 마구 흔들렸다. 마침 인턴이

수액을 거는 쇠막대를 옆으로 들었다.

"아주머니 이 손 놔요. 아주머니 가세요. 안 가시면 고발합니다. 당신 아들도 무사하지 못할 겁니다."

떼어낸 아주머니의 가슴을 긴 쇠막대로 공격하는 자세를 취했다. 아주머니 아들은 인턴에게 하늘같은 선배였다.

환자와 그들의 보호자가 각 병실에서 나와 복도는 구경하는 사람들로 가득했다. 헝클어진 머리로 서 있던 숙이 웃기 시작했다. 웃으며 반쯤 벗겨진 카디건을 추슬렀다. 숙이 말하기 시작했다. 한참 하다보니 영어권의 어느 소설을 얘기하고 있었다. 그 몇 장면을 길게 뱉고 숙은 한 번 더 크게 웃었다. 어떤 경우도 읽은 책 속에 있었다. 술술 그들이 했던 말을 따라서 했다. 교대 근무를 하면서도 놓지 않았던 영어가 뜻밖의 자리에서 자유로웠다.

"내가 지금 영어로 한 것은 가엾은 당신을 배려해서다. 당신처럼 이 많은 사람 앞에서 모욕을 주지 않으려고 한다. 불쌍한 당신 아들!"

이렇게 마무리했다.

영어가 방언처럼 튀어나온 날. 숙의 대학 병원 근무는 거기까지였다.

누님

우리도 봄철 행락을 갔다. 전라도 나들이에는 일단 푸짐한 먹거리가 준비된다. 당연히 수육이 있고 생김치가 있고 홍어무침이 있고 절편이랑 소주, 막걸리가 박스째 짐칸에 실린다. 몇 시간 지나면 차에 오를 때는 없었던 사람이 생긴다. 분명 산뜻하게 입고 아내와 차에 오르던 그 사람이 아니다. 이미 얼굴은 불콰해져 있다.

"술이라는 것이 술술 넘어가 술인 것이여. 먹어봐. 진즉부터 말하고 싶었는디 자네 내가 참았어. 그런디 말여, 오늘 한번 들어는 보드라고. 도대체 어떻게 생겨먹었기에."

옆에서 보는 사람도 아슬아슬하다. 진화가 필요하다고 생각한 윤은 일부러 정신이 좀 나간 듯 말한다.

"적어도 우리 모임 중 아버지가 아직도 읍장 하는 사람이 있어. 아까 읍내 초입서 산에 오르기 전에 먹으라고 눈깔사탕 몇 봉지랑 초콜릿 들고 엄니 아부지가 서 있다가 차에 실어주지 않았남? 그런데 안에서는 이 난리가 구워지고 있는지 알믄 쓰까. 우리는 아조 모범적인 모임이여. 그래 안 그래? 가만있자, 우리 이렇게 심심하게 가느니 노래나 불러."

윤이 얼른 관광버스의 노래방 기기를 켰다. 그리고 술기운으로 날이 선 사람을 세운다.

"노래는 형님이여. 형님 따라올 사람 없어."

그이가 노래를 부른다.

"거봐, 가볍게 백점 나오네. 이런 형 없다니까. 그리고 노래 잘 부르는 사람치고 성질 나쁜 사람 못 봤네. 그다음!"

역시 윤이다. 윤은 소통의 대가다. 언제 그랬느냐는 듯 노래 부른 뒤 치하를 몽땅 받은 사람은 좀 전 양팔을 어떤 의자에 짚고 노려보던 그 사람이 아니다. 우우 하는 환호까지 몸으로 받고 자기 자리에 푹 눌러앉았다.

"이런 좋은 날에 노래 부르고 싶은 사람은 아니지만 이왕 시작한 거 한 바퀴 돌립시다."

듣는 사람은 듣고 창밖으로 고개를 돌린 사람도 있고 박수친 사람도 있었다. 마지막으로 지명된 사람이 일어났다. 그는 노래방 기기를 껐다.

"괜찮죠?"

손에는 휴대전화를 쥐고 있었다. 차 안의 사람들은 그의 느릿한 뜸들임을 주목하기 시작했다. 노래 부르느라 흥분했던 사람, 웃었던 사람, 귓속말을 했던 사람들이 이내 조용해졌다.

"저는 제 누님 얘기로 노래를 대신하겠습니다."

휴대전화 사진을 보여줬다. 한복을 입은 가족이라는 것만 알아볼 수 있었다.

"올해로 손주가 여섯이 되었습니다."

서로 얼굴을 보았다. 딸만 둘인데 그는 아직 청첩장을 보낸 적이 없었다.

"저랑 누나랑 이렇게 우리는 남매입니다. 아버지는 선생님이십니다. 아버지는 누나의 중증 장애가 확실해지자 가장 괴로워하셨습니다. 본인이 고장에서 머리가 가장 우수한 사람으로 날렸고 존경받는 선생님이 되셨습니다. 누나는 침을 흘리고 감정을 나타낼 줄 모르는 어린아이였습니다. 절망하고 분노하고 억울해하던 아버지는 우리 세 식구 곁을 떠났습니다. 이런 기억이 있습니다. 학교에서 돌아오니 누나가 조무래기들과 골목에 있었습니다. 발가벗었고 목에 새끼줄이 묶여 있었습니다. 아이들이 끌고 다니고 누나는 웃으면서 묶인 채 따라다녔습니다. 그런 말놀이를 거의 날마다 했습니다. 누나가 말이 되고 아이들은 묶어

끌고. 어머니가 왜 누나를 돌보지 않았느냐고 물으실 수 있습니다. 어머니는 해 뜨면 들에 나가 어두워지면 돌아왔습니다. 남편의 배신과 아픔을 그렇게 다스렸던 모양입니다. 날마다 누나 때문에 괴로웠던 저는 도시로 진학을 했습니다. 도회지 학교에 다니며 누나를 안 본다는 것이 그렇게 홀가분할 수가 없었습니다. 고등학교 때 집에 가니 어머니가 누나를 시집보내겠다고 했습니다. 마침 중매쟁이가 나타났다고 했습니다. 누나가 결혼을 할 수 있는 사람이냐고 물었습니다. 어머니가 이렇게 대답하셨습니다. '너를 위해서다. 너에게 짐이 되지 않겠냐.' 상대는 먹고살 것은 걱정 없는 나이가 좀 든 사람인데 후사가 없어 아이 낳을 사람을 구한다고 했습니다. 이런 자리가 있을 때 보내겠다면서 누나를 장터 장사꾼 아주머니에게 딸려 보냈습니다. 저는 대학 진학을 위해 공부하는 데 정신을 쏟고 있었고 어머니는 저를 가르치기 위해 날마다 일을 했습니다.

대학 2학년이 되었을 때 어머니께 누나가 보고 싶다고 말했습니다. 어머니도 여태 딸이 사는 곳을 가본 적이 없었습니다. 정확한 주소를 모르고 있었습니다. 제게 장터의 중매쟁이를 찾아가보라고 했습니다. 중매쟁이는 잘 살고 있으니 가볼 것도 없다고 했습니다.

저는 찾아다니며 조른 끝에 주소를 얻어 버스를 탔습니다.

갈아타기를 여러 번 하고 늦은 오후 주소에 적힌 마을에 도착했습니다. 그런데 그런 사람을 찾을 수가 없었습니다. 이웃 마을까지 다 돌아다녔지만 몇 년 전 아이를 낳기 위해 나이 많은 사람에게 왔다는 여자는 모른다는 대답이었습니다. 묻고 다니는 것을 본 마을 사람이 해가 지자 저를 불렀습니다. 혹시 저기 산 어디 외딴집에 한번 가보겠느냐 했습니다. 며칠 있다 다시 와 누나를 찾으려 하다가 마지막으로 그 집에 한번 가보기로 했습니다. 산길을 걸어 도착한 집은 아이를 보기 위해 여자를 데려간 도저히 중농쯤의 살림살이라고는 할 수 없는 다 쓰러져가는 집이었습니다.

그곳에서 저는 누나를 만납니다. 방문을 여는데 아이들 속에 누나가 있었습니다. 같이 살 때는 동생인 줄도 모르던 누나가 저를 보자 반가워 어쩔 줄 몰라 했습니다. 방에 들어가니 아이가 셋이었습니다. 우리 집을 떠난 지 불과 3년, 누나는 해마다 아이를 낳은 겁니다. 누나의 아이들은 하나같이 옷을 입지 않고 있었습니다. 학교에서 돌아오면 동네의 짓궂은 아이들과 벗은 채로 돌아다니던 누나였습니다. 그래서인지 조카들도 발가벗겨 키우고 있었습니다. 누나의 기억 속에 동생은 훌륭한 사람이었나 봅니다. 검정 교복을 입은 동생은 마을의 여느 사람들과 다르다고 생각했던 모양입니다. 누나의 표정을 보고 누나도 외로울 줄 아는 사람이구나 하면서 이제야 찾아온 저는 반성했습니다.

밤이 늦어 돌아온 매형은 곱추였습니다. 이제 누나의 집을 알았고 형편을 알았습니다.

대학을 졸업하고 취직했을 때 저는 먼저 누나를 찾아갔습니다. 그 속에서 아이들을 교육시킨다는 것은 불가능했습니다. 조카를 제가 키우겠다고 했습니다. 자식에 대해서는 거의 동물적인 집착을 보이던 누나였습니다. 동생이 대단한 사람이라고 생각해준 덕에 순순히 허락을 했습니다. 먼저 큰조카를 데려왔습니다. 처음에는 단칸방, 그다음에는 두 개짜리 방을 얻게 되자 나머지 조카들도 데려왔습니다. 다행히 조카들은 잘 컸습니다. 학교도 순조롭게 가고 취직도 했습니다. 이제 셋 다 결혼도 했습니다. 올 설에 모여 이런 사진도 찍었습니다."

그는 아까의 휴대전화를 다시 위로 들었다. 비로소 보였다. 차안에 있던 우리는 손바닥이 아프게 박수를 쳤다.

"누나는 지금 어떻게 계시나?"

누가 물었다.

"예, 다행히 제 조카들이 삼촌 말을 잘 듣습니다. 돌아가면서 넉 달씩 모시기로 했습니다. 안타깝게도 매형은 몇 년 전에 돌아가셨습니다."

윤이 말했다.

"우리 노래 안 부릅니다. 당분간 노래 같은 거 안 부릅니다!
이런 얘기 할 사람만 일어나 말하세요!"

어버이날

어제 어버이날 직원들과 약속했습니다.

"어버이급 오시면 따뜻한 우동 한 그릇씩 대접하자!"

연휴 때 찾아주시는 분들 많아 돈 벌었으면서 욕심이 과했을까요. 쉬는 사흘, 파티를 다 끝냈는지 어버이급은 별반 없었습니다.

때마침 어머님 모시고 식사하는 가족이 있어 우동을 냈지요. 겨우 우동 한 그릇에 잘생긴 자녀분들에게 정중한 인사까지 받았네요.

제주에 사는 박충만씨도 순천의 부모님을 모시고 왔습니다. 가게 문 열고 얼마 안 되어 그가 왔을 때 솔직하고 유쾌한 성격

의 직원이

"와, 잘생기셨네요."

했더니 웃지도 않고

"그런 소리 좀 듣습니다."

했다던 충만씨는 간간이 들러 맛있게 먹고 갔지요. 소식이 없다가 어느 때 와서 제주도에 머문다고 했습니다. 제주도에 살면서도 1~2년에 한 번씩은 들러주었습니다. 농장을 하신다는 충만씨 아버지도 인물이 훤하십니다. 유전자가 좋더군요. 자나 깨나 부모님은 아들 걱정입니다. 볶음 우동과 모밀을 함께 선사했지요.

군인이 아버지와 왔습니다. 군인은 밝고 말을 많이 하며 아버지는 미소 띤 얼굴로 아들을 봅니다.

"이 밥값 누가 냅니까?"

제 말에 군인이 대답합니다.

"오늘은 어버이날이니 제가 냅니다!"

젊은이는 우동보다 토르티야를 좋아합니다. 물론 공짜로 주었지요.

"군인 월급 올랐죠?"

제가 신문에서 본 기사로 아는 체를 합니다.

"네! 저축합니다."

"뭣 헐라고?"

"여행할랍니다!"

"잘 생각했어요. 그 돈 모아 결혼할 때 집 산다거나 하면 안 돼. 청춘의 시기는 한 번뿐이야. 그 시기를 위해 써야 해."

제가 그렇습니다. 어머나, 가면서 거수경례까지 했어요!

그 아이

묻는 버릇이 좀 있다. 성이 김이라고 해서 무슨 김이냐고 하니 모른다 해 고등학생이면 알아야 한다면서 아버지에게 물어오라고 했다. 그래서 그가 고백한 말이, 언제부터 살게 되었는지 기억에 없는 시설이 자기 집이라고 했다. 아이를 안았다. 미안하다, 잘해줄게.

그 아이가 우리 집에서 석 달 월급을 받았다. 첫달은 얼마 되지 않았고 그다음 달은 방학이어서 많았다. 고등학생에게는 제법 큰돈이었다. 100만 원이 훌쩍 넘었다. 이런 큰돈을 가지고 있는 것이 주변 친구들에게나 본인에게 부담이 되지 않을까 염려가 되기도 했다. 그 전에 나는 아이를 키워준 원의 이모와 통화를 했다. 이런 곳에 근무하고 있으니 한번 다녀가라고. 그리고 사회에서 버림받은 상처를 잊고 잘 살아가도록 서로 관심을 가지자고 했다. 아이는 착하고 귀여웠다. 뚱뚱한 것이 약간 흠이랄 수도 있지만.

통장에 돈을 넣을 때 말했다.

"내가 네 돈을 관리하고 싶다만 법에 어긋난다. 원을 나와 살 때의 준비를 해두자."

아이도 듣는 듯했다. 같이 손을 잡고 퇴근하고 가끔 손가락을 걸고 맹세를 하기도 했다.

'돈 아낄 것. 불량 식품 안 먹을 것. 밤늦게는 음식 먹는 습관을 절대 안 할 것.'

우리 아이들에게도 말했다.

"형제처럼 도와주어라."

나는 그 아이의 옷을 읽을 줄 몰랐다. 흰 운동화려니, 젊은이들이 요새 입는 흔한 패딩이려니, 티셔츠려니 했다. 누가 말했다.

"부잣집 아들인가 했어요."

결핍이 식탐을 늘리고 돈을 만지게 되자 포장에 치중하게 되었는지 모르겠다.

어느 일요일 쉬겠다고 했다. 서울 가서 어떤 걸그룹 콘서트를 본다고 했다. 그럴 수 있다, 너도 또래 아이들이 갖는 욕구를 억제할 수 있겠냐, 다녀와서 열심히 하자고 말했다. 서울 가기 사흘 전이었다. 가게 이모들이 내가 없을 때 그 아이가 말을 듣지 않는다고 해서 주의를 주었다. 아이는 흔연스레 알았다고 했다. 그리고 돈이 좀 필요하다며 이달 것을 미리 줄 수 없냐고 했다. 집요하게 졸랐다. 나는 얼마간이라도 남기자고 했다. 그래야 저축할 것 아니냐고. 빌린 것이 있으며 차표도 끊어야 한다면서 전부를 달라고 했다. 서울 가면 돈이 필요하고 사고 싶은 것도 있겠지.

아이는 10만 원이라도 두고 가져가라는 말을 거부했다. 그 돈을 통장에 넣어주며 말했다.

"다음 달부터는 꼭 저축하기다."

돈을 주고 우리는 나란히 가게를 나왔다. 내가 택시를 같이 타고 가 내려주마고 했더니 그냥 곧 오는 버스를 타겠다고 했다. 아이가 먼저 가고 곧 따라오는 우리 집 방향 버스를 탔다. 서울 다녀와 들려줄 걸그룹 얘기도 기대되었다. 자식, 사고 싶은 것 없으냐.

버스에 올라 막 자리에 앉았는데 문자가 왔다.

"저 이제 그만둘래요."

그리고 전화는 끊겼다.

며칠을 기다렸다. 전화는 아예 안 받았다. 원의 이모와 전화를 했다. 그분이 나를 위로했다.

"이런 일 아주 흔해요."

또 어느 분이 말했다. 배반을 당해본 두려움 때문인지 먼저 돌아서는 경향이 있다는 것이다.

마음이 참담했다. 며칠간 나는 갈팡질팡할 만큼 힘들었다.

"그래도 정구야, 어디서든 잘 살아라. 길에서 만나면 나는 또 안을 것이다. 약속했지? 너는 내 둘째 아들이라고."

이제 다른 곳을 봐

몇 년 전 남희가 찾아와 돈을 꿔달라 했다.

"얼마나 필요한데? 어디에 쓰려고?"

"삼천. 산기도 하려고 그래."

"지금도 기도해?"

"이제 마지막이야. 다 했어."

나는 남희를 본다.

"둘이 다 돈 벌지 않냐. 돈이 그렇게 없어? 벌어서 거기다 써?"

"내가 죽으면 돈 가지고 뭣하냐. 그래서 내가 살고 있어. 나는 죽을 사람이었어."

할 말이 없다. 죽을 사람이었는데 기도 덕에 살고 있다고 믿으니 내가 무슨 말로 그 믿음을 깨겠는가.

"삼천은 없어. 조금 빌려줄게. 넌 친한 친군데 없다고 털 수도 없네. 잘 생각해봐. 죽을 사람을 살릴 수 있다고 믿어?"

"믿음이 있지. 그러니까 하는 거야."

시간이 가고 친구는 퇴직을 했다. 그녀는 일전에 시골에 사둔 땅을 보여준 적이 있었다. 직장에서 나오면 집을 지을 거라고 했다. 어느 날 전화가 왔다.

"아는 사람 중에 집 짓는 사람 있어?"

"응. 남편 제자가 있어."

"그 사람 생년월일을 알 수 있을까?"

"왜?"

"우리랑 맞는가 맞춰보려고."

나는 거절했다.

"친구가 집 지을 건데 자기네랑 맞는지 맞춰볼 거라는 말은 못 하겠어. 다른 데 찾아봐."

그래도 안 잊혀 건너 건너 아는 사람을 소개해줬다. "만나보고 알아서 해라." 둘은 어째 맞았는지 집을 지었고 만족했다. 아파트를 팔고 시골 집으로 들어갔다.

언제였던가. 시골에 들어가기 전 남희에게 내 딸이 혼자서 서른을 넘기게 되어 고민이라고 했다. 무슨 해결이라도 해줄 것처럼 나더러 만나자고 했다. 약속한 곳에 차를 가지고 와 기다리고 있었다. 오래된 차였다.

"아직도 이 차야?"

"차 바꿀 돈 없어."

"넌 맨날 돈이 없어."

"좀 전에 횡단보도 건너오는데 나는 니가 무슨 할맨가 했네. 머리 물이나 들이고 살아라."

그녀도 나를 할퀴었다.

"머리가 문제냐?"

내가 내질렀다.

"너는 무엇이 문제냐?"

저만 산적한 문제 속에 사는 것처럼 나를 빤히 본다.

"글쎄, 이것이 인생인지는 모르겠다만, 겉모습만 바꾸면 뭐하겠냐. 거울 보고 내 시점도 모를까봐 머리는 그대로 둔다."

남희가 데리고 간 곳은 점집이었다. 문 열고 들어가자 넓은 응접실에 사람들이 새까맣게 앉아 있었다.

"내가 예약했어."

남희는 나를 이끌고 사람들 사이를 헤치고 문이 닫힌 방으로 들어갔다. 수염이 긴 노인도 아니고 하얀 한복을 입은 할머니도 아니고 청바지에 셔츠를 입을 40대 여자가 책상에 앉아 집 주소랑 가족들 생년월일을 대라고 했다. 식구 여섯. 내가 봐서는 읽을 수 없는 글자를 써가며 앞으로의 운세를 말했다. 아이 넷과 우리 부부. 숫자대로 계산해서 순식간에 지갑 속 돈이 다 털렸다. 길을 잘 헤쳐간다는 셋째는 그해 임용고시에 떨어졌고 아들도 대학 입시에 실패했다. 맞은 말은 아들이 이과라는 것 하나.

'이제 기도하는 데 돈 그만 들이고 공기 좋은 데서 건강 관리나 잘하고 살아.'

내가 하는 부탁이다.

추석

아주 조촐한 상을 차렸다. 이를 데 없이 소박해 두 개를 붙이던 상이 하나로 충분했다. 빠진 것은 없었다. 층층이 쌓지 않았을 뿐. 얍삽한 상 앞에서 우리 식구 셋은 막걸리 배우러 다닌 어느 분이 선물한 술로 음복했다. 병원에서 모셔와 벽에 기대 앉혔던 어머니의 눈조차 없어 실리를 추구했다. 다 못 먹고 버릴 것들 없애니 편했는데 조금 허전해 핑계 대고 집을 나와 걸었다.

동네엔 사람이 없다. 슈퍼만 오늘까지 문을 열고 있는데 늘 마이크로 호객하던 키 작은 주인이 기진해 있다. 식당을 하는 내게도 사람들은 손님 없으면 문 닫고 들어가 쉬어, 하는 쉬운 말을 한다.

개점과 폐점은 약속이다. 돈을 벌면 더 좋고 빠진 물건을 긴급하게 살 수도 있으며 인사 가는 사람한테 필요한 것을 사라는 업주의 배려일 것이다. 자주 가는 것은 아니지만 슈퍼 갈 일이 있으면 들르곤 하는 찻집이 열려 있어 들어간다. 편히 앉아 이야기 저 얘기 나눈다. 좀 후줄근한 남자가 들어와 과일주스를 시킨다.

"객지 분이에요?"

"아뇨. 왜요?"

오지랖 넓은 내가 또 나섰다.

"객지 분이면 추석 날 이 동네 사람이 찻값 좀 내주려 했소."

젊은 남자는 과일주스를 마시고 다시 시원한 커피를 한 잔 더 시키고 앉아 있다. 귀에 뭘 꽂은 걸 보니 음악을 듣는 모양이다.

젊은 날 언젠가 아이를 데리고 서울을 다녀올 때다. 기차에서 아이가 계속 보챘다. 같은 자리도 아니고 건너 앞에 있던 말쑥한 신사가 봉지를 주고 내렸다.

"제가 점심으로 먹으려 했어요."

봉지 속에는 맛있는 빵과 마실 것이 있어 아이를 수월하게 달랬다.

막내 시누를 결혼시키러 서울에 버스를 불러 갈 때다. 어느 휴계소에서 준비한 음식을 펴고 먹었다. 결혼식 하객이래야 시골 어머니 친구들이었다. 내가 우스개로 서울 가서는 허리 펴고 걸읍시다 할 정도로 전부 노인들이었다. 그것도 좌석을 반도 못 채운 수였다.

펴놓고 먹는 자리에 옆 차도 결혼식 가는 듯싶은데 우리 자리를 여러 번 보고 갔다. 그러더니 수박을 비롯한 과일을 몇 박스 가져왔다. 아버지가 안 계셔 혼주인 남편과 내가 우리도 준비했다고 하는데도, 오늘같이 좋은 날 나눔을 하려고 많이 준비했다며 홍어나 돼지고기도 필요하면 말하라 했다. 얻은 것이 준비한 것보다 더 많아 푸짐했다. 언젠가 나도 누구에게 갚아야 할 것이라며 머릿속에 새겨두었다.

찻집 주인과 나는 같이 앉아 차를 마셨다. 이미 서로 많이 알고 있다. 집 문제, 가게 운영, 가족……. 극구 마다하는 두 잔 값을 치른다.

"명절에 내가 사주는 커피 마셔봐."

마카롱 집, 반찬가게, 조각케이크 집, 신발가게, 닭튀김 집…….문 닫힌 상점들을 돌아 집으로 왔다. 먹을 것은 구비되어 있으니 쉬는 날까지 통으로 쉬는 여유로움이 몸속으로 깊이 들어오는 날.

양말

계절이 바뀌면 양말을 먼저 정리한다. '이건 버릴까?' 들고 보다가 더 신어보자 하는 쪽이다. 지퍼 달린 가방에 꾹꾹 눌러 담아 둘 곳에 두고 겨울 것을 꺼내 서랍에 담는다.

나는 몸이 찬 편이다. 특히 발은 더 차다. 우리 때 학교에서는 실내화를 신지 않았다. 두꺼운 양말도 한계가 있어 늘 동상에 걸렸다. 집에 와 따뜻한 방에 들어오면 가려움이 괴롭혔다.

요즘은 두꺼운 양말도 있고 신도 좋아 동상은 없어졌다. 시골 집에 가면 어머니가 가지 대를 삶아 발을 담그게 하고 주물러 주었다. 헛것은 아니었던지 공부를 못 할 정도로 성가시던 가려움이 얼마간 사라졌다. 겨울이면 느슨하고 폭신한 양말이 너무 좋아 때로는 서랍이 닫히지 않을 정도로 사고 또 사들일 때가 있다.

어느 해 여름이 왔을 때다. 버스 정류장에 양말, 고무줄, 실 따위를 늘어놓고 팔던 아주머니가 나를 보더니 아직도 겨울 양말을 신고 다니느냐 했다. 그러고 보니 나는 아직 바꿔 신지 않고 있었다. 겨울에 발이 시리다고 해서 여름에 더운 줄도 모르는 발은 아니다. 좀 정신이 없을 뿐이었다.

시원하고 좋은 것이라며 여름 양말을 권했다. 마다할 것도 없어 사기로 했다. 2000원에 세 켤레라 해서 받아 담았다. 아주머니가 자기도 신었는데 아주 그만이라고 했다. 이것으로 여름 나겠냐고 더 사라고 해서 그러자며 더 샀다. 하자는 대로 해봐야 얼마 되지 않는 돈이라서 나는 계산하고 차를 기다리느라 더서 있었다. 아주머니가 나를 보더니 또 말했다.

"그런데 이 양말 3년은 더 못 신겠습디다. 내가 신어봤어. 떨어지들 안 허는데 목이 늘어나. 그런 줄은 아셔."

선선히 사준 내가 고마웠는지, 양심적인 고백인 건지 좀 낮은 소리로 말하는 아주머니에게 그저 웃어주었다.

3년도 더 지난 양말. 아주머니 말대로 구멍 난 곳은 없는데 목이 늘어졌다. 그러나 버리지 않았다. 여름에 시원했거든. 내년 여름 그만큼 그 아주머니에게 더 살 거다. 버리는 것은 그때 생각해보기로 하고.

5부 두고 온 시절

아버지 기억

가족에 대한 기억은 어쩌다 한 번씩 오는 아버지 모습이다. 아버지가 그 시절 드물었던 지프차를 타고 왔던가. 불분명한데 오빠는 아버지가 다녀가면 막 으스댔다. 아버지가 아랫마을을 지나며 사라졌다가 큰길에 나타날 때쯤이면 오빠는 멀리 굴러가는 차를 보고 아버지가 탔다고 우기며 펄쩍펄쩍 뛰었다. 한 번쯤이나 그랬을지 모르겠다. 그때 아버지의 얼굴은 기억도 안 난다. 만약 그때 헤어졌더라면 아버지를 모를 것이다. 아버지가 가고 나면 동네 고모들이 나를 안고 물었다. "아버지 왔다 갔어? 뭐 사왔어?"

다행히 밖에 나갈 때 흔적으로 손에 과자가 들려 있었다. 또 묻는 말이 있었다.

"아빠랑 엄마랑 어떻게 잤어?"

내 대답은 같았다.

"보듬고 잤어."

그 대답을 해줘야 까르르 웃으며 예뻐했다.

밖에 나갔던 엄마가 어느 날 머리에 수건을 쓰고 살금살금 눈치를 보며 들어왔다. 마을에 파마를 하는 사람이 와서 또래의 몇 사람이 작당을 해 비녀를 뽑고 낭자했던 머리를 잘랐다. 이름도 불파마라고 했다. 며칠 만에 수건을 벗었는데 쪽 졌던 머리가 곱슬곱슬 말려 있었다. 증조모는 물 묻혀 풀고 비녀를 꽂으라며 호통을 쳤다. 며칠간 어른들의 곱지 못한 시선을 견딘 뒤 엄마는 파마머리 시대를 맞았다.

어느 날 엄마는 오빠와 나를 앞세우고 아버지를 찾아갔다. 커다란 보퉁이를 머리에 이고 낑낑대며 기차에 올랐다. 이불이었을 거다. 세간살이 기본이 이불이었던 시절 오빠와 나를 이끌고 차에 오르내리기를 반복하며 어스름에 도착해 근무하는 아버지를 불러냈는데 무척 당황했단다. 훗날 엄마가 한 얘기는

"시상에 어떻게 된 사람이 혼자 몸뚱이 살면서 돈 한 푼 모아둔 것이 없드라. 내가 곗돈 타갖고 가서 방 얻고 살림 샀제."

양철지붕이 많던 충청도 어디였던 것 같다. 떡에 콩고물이 아

닌 설탕을 처음 찍어 먹어봤다. 엄마가 발휘할 수 있었던 것은 살림이었다. 아버지 직장 코앞에 방을 얻고 삼시세끼 더운밥에 갈치 꼬랑지라도 올렸다. 자유로웠으나 팍팍한 홀아비 생활을 누가 봐도 기름지게 해줬다. 합가를 망설이게 했던 인물 없고 못 배운 본처는 남편의 마음을 잡아 앉혔다.

하루 종일 안겨진 시간을 오로지 남편 밥상에 함축시켜 앞에 놓아주고, 둘둘 말아 밀쳐둔 이부자리가 아니라 백옥같이 삶고 풀 먹여 과실과실하게 깔아주고, 오늘 입을 것 또 내일 입을 것을 깨끗하게 다려 대령하던, 엄마에게는 일도 아닌 일을 한 것은 불과 몇 년에 지나지 않았다.

우리 식구는 다시 고향으로 왔다. 5·16 군사혁명으로 아버지는 직장을 그만두게 되었다. 시집살이를 해본 엄마는 시댁으로 돌아가기를 마다했다. 엄마는 이미 바느질과 음식 솜씨를 인정받아 그것만으로도 살 자신이 있다고 했으나 아버지는 자존심을 내세워, 고향에 큰 집과 드넓은 농토가 있다며 큰소리치고 고향으로 향했다.

초등학교 2학년 가을이었던가, 아직도 내게는 리본이 달린 빨간 구두와 등에 메는 소가죽 가방이 있었다. 남이 없는 것을 가져 의기양양할 줄 알았던 것은 큰 오산이었다. 친구들은 대부분 나이가 위고, 씩씩한 데다 거칠었다. 싸움은 말로 하지 않고 머리채부터 잡았다. 고무줄이나 공을 가지고 갈 때는 잠시 부드러운 놀이 상대가 되었으나 곧 못마땅한 시선을 받았다. 느리고 잘 뛰지 못해 내가 짝이 되면 그 아이에게 불리했다. 물건 자랑이 아니면 으스댈 것이 없었다. 늘 색다른 물건을 들고 나갈 수는 없었다. 증조모, 조부모 밑에서 충분히 누리는 것도 여의치 못했다. 우울하고 외롭던 시절이었다.

우리가 굵어져 고향으로 왔을 때 할머니가 반가워하지 않은 것은 분명했다. 아직 두 아들을 사회에 내보내기 전이어서 할머니한테는 장남에게 얼마만큼의 역할을 맡길 것인가가 심히 고민거리였다. 아버지는 다시 도시에 나갈 기회가 오리라 믿었지만 기다림이 길어져버렸고 결국 기회는 오지 않았다. 어중간한 농부에게 전답이 많다고는 하나 그 소출로 식구 여럿이 나눠 쓸 돈은 못 됐다. 누구도 만족할 만한 수준이 아니었다. 장남네 식구 넷이 온 만큼 할머니가 휘두를 수 있는 운신의 폭도 예전만 못했다. 할머니에게도 아버지에게도 불편한 기류가 흘렀다.

그러는 동안 아버지는 날카로워졌고 반대로 어머니는 좀 참아내지 못한 채 걷어차고 와버린 아버지가 당할 질책까지 묶어 짊어지느라 기가 죽어 지냈다. 식구 많은 집에서 어머니는 일을 몽땅 뒤집어썼다. 일꾼은 보통 꼬마둥이까지 둘이었는데 그때그때 삯꾼도 끊이지 않아 세끼 밥 짓는 것만 해도 고역인 데다, 모내기철이 지나면 한여름이고 매고 돌아서면 풀이 짓고 마는 밭도 적잖았다. 뙤약볕에 김매고 누에를 쳐야 했으며, 삼밭 한켠에는 모시밭도 있어서 베틀에 앉아 베를 짰다. 어머니의 일상은 숨 가쁜 노동의 연속이었다.

다행스러운 점은 우리 남매를 떡애기 때부터 할머니가 받아 키웠다는 것이다. 어른들 밑에서 죽으라면 죽는 시늉을 하고 살 줄 알았던 며느리가 두 어린것 손잡고 남편에게 가버리자 할머니는 몹시 섭섭해했었다. 그러나 그놈들, 우리 오빠와 나에 대한 사랑은 유별났다. 오빠는 아들답게 구수했고 나는 야발쟁이였다.

아직 돈만 필요한 장성한 아들 둘과 두량이 할머니만 못하고 주사가 심한 할아버지, 이십대에 청상이 된, 입 꼭 다물고 손끝 야문 증조할머니랑 살던 할머니에게 오빠랑 나는 구슬처럼 곱고 예쁜 윤활유였다.

어머니는 밭에서 한낮의 볕을 받고 익어 들어오면 앉을 틈 없이 불을 때 어른들의 새 밥을 지었다. 아버지의 불같은 화가 떨어지는 곳도 어머니였다. 어머니에게 우리를 거들떠볼 여유는 없었다.

안타깝게도 이제 시골은 아버지가 자라던 때, 아니 거기까지 가지 않더라도 객지로 가기 전하고 달랐다. 우리 집은 상대적으로 가난해졌다. 도시에 공장이 생겨나고 이래저래 아주 없는 사람은 고향을 등졌다. 지게질을 해도 도시가 벌어먹기 낫다고 해서 간 사람은 남은 다른 사람을 불렀다. 자연 남은 사람은 삯을 높여 불렀다. 아직도 농한기에는 어려운 사람이 많았지만 전처럼 고지를 달라고 목을 매지 않았다. 겨울이나 춘궁기에 땔 것, 입을 것, 먹을 것은 생존의 기본이었다. 이것이 어려운 이들은 넉넉한 사람들 집에 찾아가 농번기에 일할 것을 약속하고 쌀이나 돈을 얻어갔다. 고지는 전답을 많이 가진 사람이 바쁜 철 인부를 확보해두는 수월한 방법이었다.

땅이 없어 어려운 이들은 사람 많은 곳이 살기 낫다고 생각해 많이들 고향을 떴다.

정월대보름 전에 일꾼들은 집을 잡아들었다. 땅이라고 가진 사람은 다른 동네까지 수소문해 근간진 일꾼을 찾았고 머슴을 살 사람은 약약스럽지 않고 품이 넓은 주인을 염탐했다. 서로 맞아 계약을 맺었을 때 집 잡아들었다고 말했다. 그때까지 결정을 못한 주인이나 일꾼은 그 사회에서 평판이 낮은 사람들이었다. 서로 맘에 들면 한두 사람을 옆에 세우고 새경을 밀고 당기며 흥정을 했다. 끝나면 주인은 술과 안주를 푸짐하게 냈다. 그 일꾼은 주인과 의논하여 한 해 농사를 끌고 나갔다. 할머니가 한숨을 쉬며 말했다.

"이제껏 그런 새경을 줘본 적이 없다!"

이듬해에도 새경은 올랐다. 해마다 올려줘도 죽을 둥 살 둥 일 해 만족시켜주는 사람은 없었다. 할머니는 또 한숨을 내쉬었다.

"나라가 공산주의가 되려나보다. 없는 놈이나 있는 놈이 같아 지다니."

아버지에게도 패배감과 분노를 옆에서 이해하고 따라주는 사 람이 없었다.

어느 해 우리 집에 재밌는 일꾼이 들어왔다. 저녁에 새끼를 꼬라는 말을 거부했다.

"낮에 일했으면 밤에는 푹 자야 합니다."

화난 주인이 말했다.

"지금 새끼를 꽈둬야 필요할 때 쓰잖나."

주인의 높은 언성에도 일꾼은 대답했다.

"저는 낮 새경을 쳤습니다. 밤 새경은 안 쳤습니다."

먼 논 도지기에 두엄을 낼 때였다. 두엄을 부리고 올 때 또 뭔 가를 지고 오라고 했다.

"안팎으로 등짐을 못 합니다. 무거운 것을 지고 갔으면 올 때는 쉬어야지요.”

어른들은 노여움으로 벌벌 떨면서 바뀌는 세상을 배워나갔다.

“그 전 일꾼들은 발등이 안 보일 때까지 일했는데 요새 것들은 해만 떨어지면 들어온다.”

그 한풀이는 어머니가 받았다.

두엄자리 옆에는 돼지막이 있었다. 방아를 찧고 나온 쌀겨, 못생긴 호박이나 고구마, 채소, 밥이나 국 등 사람이 먹고 남은 게 먹이였다. 돼지는 증조할머니가 연로해 언제 상을 치르게 될지 몰라 항상 준비된 제수 혹은 손님 접대용이었다. 증조할머니가 오랫동안 멀쩡하자 큰 돼지는 팔려나가거나 새끼를 낳았다.

좋은 수돼지를 길러 암컷이 발정한 집에서 부르면 수태시키고 그것을 업으로 하는 사람도 있었다. 돼지가 소리 지르고 나대면 우리는 배가 고파 저러나 했지만 어른들은 알았다. 어디서 아주 크고 징그럽게 생긴 수돼지가 뒤뚱뒤뚱 들어오고 회초리를 든 주인이 뒤따랐다. 여자들은 말없이 들어가 문을 닫았고 어린것들도 쫓겨 들어갔다.

조용해져 나와 보면 돼지는 소리 없고 아버지는 돼지막 기둥에 날짜를 적어 붙였다. 새끼 낳는 날을 전후하여 돼지막에 등이 환하게 걸렸다. 어느 때부터 수돼지가 침을 흘리며 오는 일도 없어졌다. 오토바이를 탄 수의사가 가방에 커다란 주사기를 들고 와 수정을 도왔다.

긴가민가했던 사람들은 군청이 입이 닳도록 홍보해서 배가 불러지고 정확히 새끼를 낳는 것을 보고는 그리했고, 이내 수퇘지로 돈을 벌던 사람들은 사라졌다. 게다가 선전처럼 우량 종돈이어서 한 사람들은 만족했다.

어느 해 그 현장에 사촌 오빠가 와 있었다. 그 오빠가 막 분개를 했다. 최근에 있는 '동물 복지'는 그때 사촌 오빠가 한 말이었다. 가축이라고 해서 그 행복까지 뺏는 것은 너무 가혹하다며 인간 지배의 세상이 야비해졌다고 성토했다. 젊은 일꾼도 동조를 했다. 텔레비전도 없던 시절 구경거리를 놓친 아쉬움으로 벽을 향해 권투질을 하며 오빠 말에 동조했다.

너나 잘 살어라이

엄마 살았을 적 전화를 하면 나는 아랫듬서 웃듬까지 안부를 물어갔다.

"엄마 운암 아짐은?"

"서촌댁은?"

"나산댁은?"

"동림댁 아직 안 죽었어?"

처음에 엄마는 묻는 대로 대답해주었다.

"구산댁, 대동댁은 교회 다니느라고 동네 사람들하고 어울릴 틈이 없고 갈메 아짐이야 그대로 살고 계시고."

"일본서 사는 남편은 소식 없고?"

"살았으면 다 나오는디 소식도 없어. 나온 사람이 살아 있다고 하더란다."

엄마의 논평도 실렸다.

"아마도 조총련인갑제. 독한 사람이라 새끼들도 안 보고 잪은 가, 한 번도 안 나오제."

"조총련?"

그 무렵 텔레비전 연속 방송극도 조총련을 나쁘게 그렸으니, 그게 엄마가 가진 유일한 정보였다.

"이상댁은 힉허게 화장하고 장날이면 국밥집 가서 돈 벌고 재희 아짐은 남편 죽고도 새끼들 잘 키우며 야물게 살고……."

그러다가 버럭했다.

"동네 사람 다 잘 살아야. 너나 잘 살어라이. 들가."

전화 끊고 아이들도 학교 간 뒤라 나는 벌러덩 눕는다. 대문을 나와 웃듬으로 가는 길은 오르막이었다. 그 경사진 길을 몸은 기억한다. 내려올 때는 뛸 수밖에 없었던 길. 꼭대기 영례네 집에서부터 담박질로 내려오다 죽산댁네 개에 물린 적이 있지. 일꾼이 메공이까지 들고 오고 야단법석이 났는데 죽산댁은 이렇게 말했다.

"뛰어댕기지 말어라. 뛰어가믄 개가 문다."

살금살금 걸으면 더 무서웠던걸. 까맣고 야윈 개가 토방에 서서 문밖 길을 주시하고 서 있지 않았던갑네.

가운데거리 물이 많던 샘. 엄마가 더운물에 담근 빨래거리를 이고 가 맨손으로 주물러 빨아 헹궈 이고 오던 곳. 세월댁 집에서 잔등으로 가는 길은 양쪽에서 침식이 심하고 비가 오면 씻겨 내려가 바닥이 몹시 울퉁불퉁했다. 큰비 뒤에는 바닥의 패임이 바뀌곤 해 그 길이 궁금해 가보았다. 옆은 높고 길은 깊어서 협곡을 지나는 기분이었다. 월야면 사람들은 들을 건너와 그 길로 문장 장에 갔다. 장날이면 알록달록한 행렬이 길게 뻗쳤다.

통생이가 되풀이되는데도 불구하고 며칠을 못 가 나는 또 엄마랑 통화했다.

"백세가 왔다 갔다."

나는 단박에 알았다.

"그래서 엄마?"

"어떤 청년이 박카스랑 먹을 것 무겁게 들고 와서 여기서 살았다고 하는디 처음에는 다 못 알아들었어야. 저도 지그 집을 못 갈키고. 학교 들어가기 전에 살았담서."

"그래서 엄마?"

"지가 어디서 살았는가는 모르겠다고 하니 다 몰랐제. 동네가 바뀌지기는 했제. 새마을운동 험서 길 내고 지붕 뱃기고 탱자 울타리꺼정 안 파부렀냐? 가고 나서 이장이 와서사 알아들었제. 정월에 불 안 나버렸냐. 서울로 갔제. 좋게 생겼드라."

"그래서 회관서 밥도 안 주고 보냈어?"

"물어보고 말하다 기억한 사람은 없고 그냥 간다고 갔제."

"와, 내가 다 서운하네. 손이 귀한 집이라 오래 살라고 백세라 했다고 했어. 백세 엄마는 죽고 부엌에 새 각시 때라고 장작 많이 쟁여놨는데 불나서 다 태웠잖아. 우리 마을에서 얼마나 큰 불이었어. 그래도 백세 아빠가 살림이 단단해 다시 잘 고쳤는데 새 각시 서울떡이 촌에 살기 싫다 해서 이사 간다 소문났잖아. 나도 기억나. 마을 사람들이 백세 아부지랑 백세가 희떠우진 서울떡한테 버림받으면 어쩐다냐고 살림 팔고 이사 갈 때 모두 걱정했잖아."

"오매, 너는 총하기도 하다. 어려서 몰랐던가 불난 집이라고 않더란마다. 들어가야."

그때 그 마을

나는 시골 산비탈, 그것도 성씨 팔아 처가나 외가 덕 보고 사는 사람들의 의식 수준에 놀랐다. 지금 같으면 어림없는 혼인을 한 사람들은 긴 시간을 견뎌냈고, 희망이라면 자라는 손주들이었다. 결혼해서 만난 법도는 충격이었고 그다음은 살아내는 정도의 무기력이 뒤따랐다.

다행히 마을에는 되바라진 손주들이 없었다. 공고를 가건 농고를 가건 맞춤하게 주어지는 직장에 들어가 중간에 나오는 법 없이 연봉을 높여나갔다. 그러므로 시골에서는 집안 대들보였다.

대부분 마음까지 착해서 혼자 살려고만 하지 않았다. 어른들끼리 정혼하여 속수무책으로 시절을 보내버린 할머니들은 앞산은 높고 들녘은 턱없이 좁아 먹는 것조차 넉넉지 않은 곳에서 실어증에 걸린 것처럼 살다가 나를 만났다. 여전히 이야기를 좋아하는 나는 시댁 마을에 사는 몇 달 동안 살랑거리며 다가가 모처럼 이야기 풀어낼 기회를 서로 오지게 나눴다.

"그랬었구만요, 그랬어요."

내가 하는 추임새였다.

"우리 집은 솟을대문이었지. 밀고 들어가면 삐그덕하고 소리가 났어. 사랑채 지나고 한참 들어와야 안채까지 닿았어. 글씨여기 조부님하고 우리 아부님이 아는 사이였어."

"선은 보셨어요?"

"그때 어디 선 보았남. 조부님이 흰 두루마기 입고 한번 다녀가신 뒤 사주단자가 오고 혼인해왔지."

안다. 이 동네 조부라는 양반이 보여준 것은 잘 닦아 신은 흰고무신과 횃대에 달랑 걸린 단벌옷뿐이었을 것이다. 혼인이라는 중대사에 본 것은 조부의 근엄한 표정과 헛기침뿐이었다. 무슨배짱으로 부잣집 딸을 서슴지 않고 데려와 눈물 짓게 했을까. 이 동네의 빛나는 간판은 양반이었다. 그런데도 걷어차고 나갔다는 며느리는 없었다.

내가 이제 막 이 마을 새댁이 되었을 때 수돗가에서 양치질하면서 듣게 된 뒷동산에서 들려오던 왁자지껄한 소리의 얘기를 더 이상 물어오는 사람은 없었다. 누구누구와 연애하던 현장에서 뒤따라온 마누라에게 솔가지로 마구 두들겨 맞은 얘기는 누구도 다시 하지 않았다. 외숙모가 늙은 시누님 턱 아래서 엉덩이를 들썩이며 본 것처럼 말하다 오히려 면박당한 그것으로 더는 들을 수 없었다.

마을에서는 함구령이 내려졌다고 했다. 왜냐면 그 집 아들이 싹수 있게 큰다는 것이었다. 크는 그 집 아들을 위해서 절대로 입 밖에 내서는 안 된다고 어른들끼리 약속했다는 것이었다.

아, 양반 마을이구나. 그래서 자식들이 모두 반듯하게 자라는구나. 비로소 나는 그 동네를 다시 보았다.

약수터

시댁 마을에는 약수터가 있었다. 문둥병도 고쳤다는 전설 같은 소문이 있었다. 여름이 되면 기차역에 사람이 많이 내렸다. 약수를 먹고 가림막 안으로 들어가 목욕을 했다. 전나무가 많고 골짜기는 물이 흘러 서늘했다. 아무리 더워도 거기 가면 더운 줄 모른다는 것이 그곳 사람들의 자랑이었으나 정작 한낮에는 그 덕을 못 봤다. 외지 사람이 많이 와 점령하고 음식 판을 벌였다. 여름 한 철은 유원지화되는 바람에 마을 사람들은 그들이 떠난 밤에나 이용했다.

 기차를 타고 온 사람들은 시간에 맞춰 떠났다. 마을에 도움은 안 됐지만 효험이 있다는 말에 찾아온 건강하지 못한 이들의 음주나 작은 난동은 봐주었다. 산간 마을이 북적대는 여름한 철의 일이었다. 마을 아주머니들이 밭에서 수확한 호박이나

고추 같은 것을 들고 나와 푼돈벌이를 하고, 청년회에서도 청소만 할 것이 아니라 기금 좀 마련해보고자 과자를 떼어다 팔기도 하면서 과도한 추태를 막았다.

고개를 들어 하늘을 보면 별이 콧등을 찧을 것 같은 아름다운 밤은 날마다 이어졌다. 더워도 더운 줄 모르는 여름은 약수 골짜기뿐만 아니라 산간 마을 전체가 그랬다. 한낮만 잠깐 덥고 다 그늘이었다. 별은 먼 곳의 소식을 되쏘아줄 것처럼 깜박거리고, 은하수는 그대로 내려와 우리를 덮어버릴 듯했다.

어느 날 주말에 온 남편과 늦은 밤 약수터까지 올라갔다. 한 청년이 마지막 뒷정리를 하고 있었다. 청년은 오랜만에 만난 동네 형님을 반가워하면서 얘기를 주고받았다. 남편은 청년이 내려가길 바랐으나 좀처럼 내려갈 기미가 안 보이자 그만 내려가라고 했다.

"우리도 목욕하러 왔다."

"목욕이라. 하셔요. 남탕과 여탕이 따로 있는지는 아시지라?"

"자식, 어서 내려가. 일 다 끝나지 않았어?"

"형님은 지가 청년회비만 벌라고 여기 있는 줄 아시나본데 질서를 바로잡기 위해 있어요. 엄연히 남자와 여자는 따로 떨어져 목욕한다고요."

"알았어. 그만 내려가."

"못 가요. 우리 마을은 없이 살아도 성씨가 거룩한 김가들 사는 곳 아닌가요. 나사 김씨도 아니요만 배웠다는 형님 내외가 같이 목욕했다고 소문나면 내일은 노지메 어르신 부부가 오실 건디 그러면 못쓰지요. 우리 동네서 제일 오래 사신 노지메 어르신이 구십 넘게 살면서 항꾸네 목욕할 줄 몰라서 안 하셨겠냐고요. 본보기로 사신 거지요. 내일 두 어른 오시다가 넘어지기라도 하면 형님 책임이니까 따로따로 허시든지 아니면 그냥 내려가셔요. 무엇보다 여기 오는 타관 사람이 다들 멀쩡하지 않고 아픈 사람들이 대부분인디 우덜도 부부간에 들어가 물 맞는다 우기면 어찌 막냐고요. 늬기만 그러기나 나오면 할 말도 없고요."

그렇게 웃지도 않고 우리를 닦아세우던 사람은 우리 마을에 엄마가 재혼하면서 따라 들어온 형제 중 큰아들이었다.

달콤한 역사

길쌈을 하면서 혹은 겨울 솜옷을 다시 맞추면서 증조할머니는 마을에서 일어난 굵직한 사건을 꺼냈다. 할머니가 덧붙여 그때의 마을 공기와 소문 그리고 그 집 아이가 몇 살이었을 때라고 좀더 자세히 주변 설명을 하면 듣고 있던 어머니도 한마디 했다.

생각해보면 가장 세력 없는 어머니의 논평에는 본인의 감정이 실려 있었다. 슬쩍 얹어 어른들께 하고 싶은 말을 했다. 어른들이라고 질 분들은 아니었다. "그래도 사람이 그러는 것 아니다!" 주고받는 남의 말이면서 내 말이기도 했다. 꾸리처럼 감고 풀기를 반복하던 말들의 겨울.

어떤 일이 일어났을 때 그것을 다루는 사회적 정서를 짐작케 하는 얘기들이었다. 그림을 그리거나 전과를 읽다가 좁은 공간에서 자연스럽게 듣게 됐는데, 헤아려보면 내가 태어나기 전 얘기들도 있었다.

누구네가 이사 왔고 알고 보니 그 전 마을에서 불미스런 일이 있었다는 둥 누가 방죽에 빠졌는데 이웃 사람이 그가 떠날 꿈을 꾸었다는 둥 하는 얘기였다.

목강댁, 용천댁, 쌍년댁……

한 해 겨울 동안 삼대 여자들의 얘기는 마을을 한 바퀴 돌았다. 마을의 역사이기도 했다. 얘기는 이렇게 시작됐다.

"죽산댁이 동철이 낳던 해……"

"쌍년댁이 서울로 뜨던 해……"

"울력으로 새암 파던 해……"

"나주댁이 물에 빠져 죽던 해……"

어린 나는 환하게 마을의 어제와 오늘을 꿸다.

"쌍년댁이 초분골을 순전히 호맹이 하나로 파서 벌어먹던 땅 두고 갔제."

"땅이 없으니 거기라도 벌었겠지만 무섭지 않았으까요. 비 올라면 애기 울음소리 들린다고 했잖어요."

"뼈 골라냄시로 벌었다고 했지. 어째 내 땅 없는디. 없는 사람이 먹고살라믄."

송상댁 올 때 새끼들이 손에 한 개씩 들고 온 것이 이삿짐의 전부였다 한다든가, 원동 양반이 아랫집 과부 수길이 엄니 그냥 놔뒀겠냐는 둥.

"관식이 집터가 좋아서 살게 될 것이다. 집 닦을 때 누런 뼈가 나오더란다. 지금 거기가 부뚜막 자리란다."

부른 밥을 삶의 최고로 쳤을 때다. 타관에서 온 관식은 마을 끝에 집을 지었다. 앞으로 운이 좋은 사람이다. 괄시들 마라, 는 뜻으로 지어낸 말일 수도 있다. 나는 가끔 그 집 안부를 물었다. 그 말을 기억하기 때문이다.

내가 유추하고 짐작을 키워가는 나이라는 것을 몰랐을까. 가끔 화로에서 인절미 타는 줄도 모르고 이어지던 얘기. 그러나 고맙다. 나는 추억할 게 많다.

택시 속의 변사

택시를 타고 말한다.

"증심사 가는 배고픈 다리 옆 금호아파트 후문까지 가십시다."

"아, 거그 숙실 마을이라?"

"네, 아시네요."

"그러믄이라. 나 탯자리오."

"지금은 거기 안 사세요?"

"진작 떴지라. 살들 못 하게 가난해서 순전히 굶고 살았지라. 아, 서숙 심은 밭 닷 마지기뿐인디 열한 남매가 뭐 먹을 것 있었 것소. 내년 봄 오기 전에 먹을 것 다 떨어져버렸어라."

"골짜기라. 들이 좁아 그랬겠지요?"

"지금 몸에 좋다는 잡곡밥을 못 먹소. 워낙 질려 입에 넣기 싫어라우."

아저씨가 나를 돌아본다.

"아줌씨가 나보다 더 들었겠는디?"

서슴없이 말한다.

"육십셋이네요."

"아, 그러시오? 나는 여섯이오."

간간이 나이 이야기가 나오면

"어디 내가 몇 살 같소? 맞혀보시오."

하는 때가 있다. 난감하다. 얼른 대답해버리면 시간도 절약하고 좋겠는데 뜬금없는 스무고개에 시달린다. 그런 면에서 기사 아저씨와 나는 소통이 된다.

아저씨는 입으로 지도를 그린다.

"작은 숙실과 큰 숙실이 있었지라. 지금 현대아파트 자리가 작은 숙실이고 미라보랑 있는 쪽이 큰 숙실인디 70호가 넘는 부락이었지라."

"작은 숙실은 몇 호였는데요?"

나는 큰 역사가 아닌 골목 역사를 좋아한다. 50분 정도 가면서 택시 기사님과 나는 신바람이 났다.

"예닐곱 채나 되었을까 했소."

"지금 금호자리 보가 있었는데 여자는 보에서 목욕하고 남자는 배고픈 다리에서 했지라."

"물도 맑았겠어요?"

"그라제. 말할 것 없지라. 나무해가지고 올 때 배고프면 엎드려 그 물 꿀떡꿀떡 마셨지라. 나무해다 금동시장 나무전거리 가서 팔았지라. 그때는 다 나무 때는 세상이라 가만 놔두면 산 다뱃겨버리지라. 산감이라고 산 지키는 사람이 있었어라. 산감이 삼거리서 떡하니 지키고 있어 낮에는 나뭇짐 지고 내려오지도 못해라."

"밤에 지게 지고 산에서 내려온다고라?"

쫀득한 말솜씨에 나도 따라했다.

"아, 나무만 하고 사는디 환하지라. 글고 제일 나이 먹은 사람이 앞장서라. 그 사람 뒤꿈치만 따라 착착 딛고 오면 일없어라. 앞잡이가 지게 받치고 쉬면 같이 쉬고 산감만 없으믄 나무허기도 좋아라. 달이 밝으면 지게 작대기 두드리며 노래 불렀지라. 나무 팔아 쌀도 좀 사고 갈치도 사고 그때는 그런갑다 하고 살았지라."

"식량이 떨어지면 어떻게 살았어요?"

"항상 배고팠지라. 그래도 산에서 노루도 잡고 토끼도 한 번씩 치놔서 잡어 포식하기도 했어라."

"어머나! 노루랑 산토끼를 드셨어요? 선조들이 그 재미로 이 기슭에 안긴 거로군요."

"그랬을지 몰라라. 봄이면 나물 흔허고, 요 앞 개울에서 물고기도 잡았지라."

말하는 아저씨도 듣는 나도 한 바구니 나물 혹은 고기라도 건져올린 양 흐뭇하다.

"요 앞에 흐르는 내에서 목욕했지라. 산에서 잼피나무 껍질 벗겨 불에 태워라우. 그 재를 삼베 주머니에 넣고 물에서 조물조물하면 장어가 배 허옇게 내놓고 뒤집어 자빠져라. 지름 자글자글 남서 구워 먹으면 맛났지라."

"오매 순전히 자연산이네요. 장어도 죽는데 피리는 안 죽어요?"

"피리 잡는 법이 다르지라. 해머로 바위를 꽝꽝 쳐라우. 피리가 막 떠요. 바구니로 건져다 장 붓고 때서 옹기소래기에 담아두면 묵처럼 어리지라. 한 대접씩 떠서 실가리 지져 먹지라."

"못 먹는 것 아니네. 잘 잡숫고 사셨네. 해머 소리에 피리가 기절했네요."

"아니라. 고막 터져 죽었지라."

택시 타고 훌륭한 변사 만나 나도 행복했지라.

내 거래처에 책 팔아줄게

어느 해 명절, 추석 쇠고 한 사흘 지나서였을 것이다. 옛날 딸들
은 그때 친정에 갔다. 친정 마을 앞 시정에 알 만한 얼굴들이 술
을 마시고 있었다. 모두 객지에 살아서 명절 끝이 아니면 만나
기 어려운 사람들이었다. 오빠도 섞여 있었다. 나는 남편한테 먼
저 들어가라 하고 시정으로 달려갔다. 길범이, 창행이는 또래지
만 집성촌에서 항렬이 높아 몰아서 아재라고 부른다. 그들도 나
를 보고 반가워 어쩔 줄 몰라 했다. 오빠가 나를 소개했다.

"혜숙이는 글을 쓴다만."

나는 그날 그렇게 생각했다. 정숙이처럼 부잣집으로 시집을
가거나, 재숙이처럼 살림을 크게 불리지도 않고 너무 평범해서
뭐라 자랑할 거리를 찾는데 말할 게 없어 평소 관심도 두지 않
던 글 쓴다는 말이 나왔을 거라고 말이다.

"책 나왔능가?"

더 부끄럽게 한 말은 창행 아재의 물음이었다. 창행 아재는 서울 어느 길목에서 채소장사를 한다고 들었다. 먹고살 길을 찾아 객지로 향한 사람들은 대부분 험한 일을 시작할 수밖에 없다. 그러나 그들은 고향에 와 엄살이나 근천을 떨지 않았다.

우리 오빠는 동생을 세워줄 건덕지가 없어 한 말일 텐데 두 아재는 진지하게 받아주었다.

"책을 냈어?"

손사래를 치며 아니라고 했다. 타향에서 아무리 고생해도 부모님 용돈 드리고 조카 학비 보태겠다고 약속하고 떠나는 아재들은 나를 들여다보며 말했다.

"내가 가락시장에 채소 거래처가 많단 말여. 언제 아는 사람이 그러더라고, 조카가 책 냈는데 한 권 사주라고. 그래서 산 적이 있어. 한 백 권 보내주소. 내가 팔아줌세. 20년 된 거래처들이니 다 들어줄 사이네."

창행이 아재의 백 권 부치라는 떵떵거림에 우물쭈물하고 서 있는데 길범이 아재가 나섰다. 길범이 아재는 흰 가운 제작하는 걸 생업으로 삼고 있다고 들었다. 워낙 착실하고 성격이 좋아 한 번 맺으면 일생 단골이 된다고 했으며 이미 재산도 상당하다고 소문났다.

"야 임마 혜숙아. 이 아재가 누구냐? 창행이한테 보내면 책 안 읽어. 채소 파는 사람들이 뭔 책을 읽는다냐? 현장에 책상이 없어. 나한테 보내. 내 고객은 흰 가운 입는 의사, 약사, 미용사야. 한 삼백 권 보내라. 내가 쫙 팔마. 내가 가운 보낼 때 안에 넣고 착착 접어 보낼게. 내게 삼백 권 꼭 보내라이."

내 오빠 역시 우리 성씨 특유의 낙천적인 호인인데 한 말이 있다. 창행이나 길범이가 부자가 되었다고 소문이 자자할 때였다.

"우리 이씨가 풍이 좀 있다. 맨손으로 떠난 사람들이 벌면 얼마나 벌었겠냐. 빌딩 샀다 하면 그저 집 한 채 엮었는갑다 생각하면 된다. 마을 사람 속없이 회관 짓는다, 상수도 놓는다 손 벌리는데 그 사람들 손 호호 불면서 돈 벌 때 우리는 뭐 보태준 거 있냐."

아직 안 나온 내 책은 이미 사백 권 팔 곳을 확보해두었다. 눈물 나오는 핏줄이다.

"거그 부자 되면 뭣하냐"

몇 년 전 작고하신 숙부의 고향 모임이 동산회다. 내가 초등학생이었을 때 숙부가 대학생이었으니 나도 숙부의 친구들을 안다. 한마을 경행 당숙, 중학교 때 나를 가르쳤던 정근한, 안성수 선생님과 동근이 아재. 그리고 몇 분은 어릴 때부터 익히 얼굴을 안다. 가끔 숙부와 안부 전화를 나누다가 동산회 안부도 묻는다.

"아, 그 새끼 퇴직해서 부부가 연금 받는다는데 지금도 옷을 지랄같이 입는다. 어째 그 자식은 구색에 맞게 입을 줄을 몰라."

서슴없이 욕해대는 숙부의 말이 우스워 돌아가며 안부를 묻는다.

"그놈 서울 가서 수술했다. 아프다고 이것도 못 먹네 저것도 못 먹네 하면 모인 사람들 활발찮을 건데 내색 없이 웃고 떠들다 간다. 자식 클 때부터 속 좋았어야. 전에는 제 귀가 마음에 안 든다고 가리느라 꼭 모자 쓰더니만 머리 빠지니 의미 없는가 싹 벗고 다니드라."

"그 당숙 서울서 여기까지 안 빠지고 온다. 워낙 말이 없어 어떤 때는 한마디도 안 하고 듣고만 간다. 말하는 재미로 옛 친구 만나는 거 아니냐?"

또 한 사람.

"거그 부자 되면 뭣하냐. 술 한 잔 못 사는 배짱인디."

만나는 일은 없어도 숙부가 들려주던 동산회 소식을 이제는 못 듣는다. 조선대학교 장미원에서 만나 팔에 매달려 반가워했는데 알아보지 못해 "나 혜숙이" 하다가 "기행이 조카" 하니 아이고 그런가 하며 안아주던 윤석택 선생님 아이들 다 보내고 신혼부부처럼 지낸다는 또 어느 분, 가장 먼저 세상을 뜨신, 내게 국어를 가르쳤던 잊지 못할 안성수 선생님. 동근이 아재를 버스 안에서 만나자 남편을 우리 김서방이라고 불렀다. 또 어떤 분은 길에서 만나 인사를 하고 나를 기억하냐 묻자 "내가 혜숙이를 몰라?" 했다. 이제 몇이 모이실까. 나가서 국밥이라도 대접하고 싶다.

내게 위트 있게 동산회 소식을 들려주던 숙부가 돌아가셨다. 길을 걸으며 숙부가 생각나면 동산회도 함께 생각난다.

숙이에 대해 떠들어댔다

중학 친구였다. 그때 시골의 우리는 철이 없었을까. 학교에서 그 아이의 첫 생리가 있었다. 미처 준비 못 한 거라 나무 걸상에 생리혈이 묻었다. 양호실이 따로 없었고 가정 시간에 겨우 생리대 접는 것만 배웠다. 숙은 부끄러워 고개를 숙이고 있다가 조퇴를 했다. 그녀가 간 뒤 나무 걸상을 번갈아 들여다보며 수군거렸다.

친한 친구 순옥이가 혈이 밴 걸상을 닦았다. 순옥이조차 에이 안 닦이네, 했다. 굳건하게 친구를 변호하지 못하고 아이들의 조롱에 휩쓸렸다. 우리는 그날이 축하해줄 일이라는 걸 왜 몰랐을까. 마치 나쁜 일이라도 저지른 것처럼 숙에 대해 떠들어댔다.

우리 삼총사는 숙의 집에 가서 자기도 했다. 새벽밥을 지어놓고 깨우던 어머니. 순옥도 집이 멀었다. 우리 집은 그들의 중간

정거장이었다. 어느 날 중학 모임의 총무가 전화를 걸어왔다. 회비가 밀렸다면서. 나는 숙이나 순옥이가 나왔냐고 물었다. 나왔다고 했다.

"그 애들한테 받아라."

"왜? 너가 돈 맡겨뒀어?"

"아니."

"그럼?"

"우리 집 앵두 다 따먹었거든. 앵두 값이 그 돈 넘어. 받아도 돼!"

숙에게는 오빠가 있고 나나 순옥에게도 있었다. 지금 우리는 만나면 말한다. 그렇게 드나들었는데 왜 우리는 오빠들을 못 봤냐. 맺을 인연이 아니었던갑다, 한다. 졸업하고 사는 것이 엇갈려 한동안 못 보다가 가슴에 악보를 안고 합창단에 가던 숙을 길에서 만나 우리의 옛 우정은 복구되었다. 어느 날 병원에 검사를 다녀오다 순옥을 만났다. 자기가 있는데 왜 혼자 갔냐며 남편도 내지 않는 화를 냈다. 그 옛날 우리들 학교는 소풍 가는 것 같았다. 공부를 채근하는 사람도 없고 오가는 길이 위험하지도 않았다. 포전이라 부르던 냇가 옆에는 뽕나무가 자라고 비가오면 건너지 못해 찻길로 돌아가면 10리가 넘었으나 그래도 좋기만 했다. 순옥이가 먼저 결혼하고 숙이가 결혼한 뒤 소식이 끊겼다. 그리 큰일을 치른 것을. 다 아물었을 때 숙은 노래를 부르러 다녔다.

셋은 만나면 기억을 내놓고 꿴다. 우리 집 대밭 속에 자리를 깔고 숙제는 하는 척만 하고 노닥였다. 순옥이 가방에는 과자와 책이 반반이었던가. 그리고 또 말한다. "우리가 올케 시누이가 안 되길 잘했어. 그랬다면 이리 좋을 수 있나. 재산 다 아들만 주었는데 우리가 쌈할 뻔했지."

"뭘 니들이 가졌으면 화나겠니?"

숙의 말이다. 그럴까, 그랬을까.

시집살이 딸 보러 온 할머니와 어머니

친정 마을에서는, 어쩌다 그 집은 고명딸을 숭악한 산중으로 여 윘을까, 하는 소문이 있었다고 했다. 엄격하다 못해 독선적인 아 버지를 피하고자 서둘러 결혼이라는 피난처를 택한 것도 있었 다. 아버지가 원망스러웠고, 아무것도 할 수 없는 나에 대해 절 망하기도 했다.

훗날 우리 지방에서 이미 이름을 알린 한 소설가가 말했다.

"그 기와집 딸이 글 쓰고 싶어했다고요?"

장터에서 서커스 단원, 약 파는 소리꾼에게 밥 먹이고 재워주 던 국밥집 아들보다야 단연 본 것이 많지 않다 해도 헛기침과 뒷짐 진 모습 속에 감춰진 것들을 보았다. 나한테만 그렇게 또렷 이 보였을까. 나도 할 말이 있다고 생각했다. 비슷하게 자란 오빠는 언제나 갸우뚱했다.

"그런 일 있었다고? 너는 별걸 다 기억한다."

별 기억이 가끔씩 괴롭혔다.

송홧가루가 노랗게 쌓이는 마루를 훔치고 상 펴 책 보던 봄은 그야말로 평화를 구가하던 시절이었다. 강원도 삼척이나 영월 어디, 저 남해의 외딴섬에 들어앉은 것처럼 스스로 유폐되었고 곱씹으며 나를 갉았던 것들이 일시에 차단되었다. 시어머니가 잘해주신다는 말을 편지에 많이 썼을까. 어머니도 엉겁결에 나를 보내고 아쉬움이 컸다. 아무리 매운 시집살이라도 일 년은 할 만한 법인데 엄마는 마음을 놓지 못했다.

봄이 가고 할머니가 짐꾼으로 일꾼 한 사람을 데리고 몸종 같은 엄마와 함께 기차역에 내렸다는 전갈이 왔다. 보리타작과 모내기가 끝나고 잠시 숨을 돌리던 때였다. 역은 완행이나 멈추는 곳이고 역장은 마을 어른이었다.

우르르 내리는 틈에서 할머니가 역장을 찾았다. 역이라봐야 볼품없는 좁은 상자 같은 곳이고 역장이라지만 일인 근무지였다. 손님 역시 마을과 그 옆 마을 근동을 벗어나지 않았다. 역장은 내려가는 사람 속에서 낯모르는 한 할머니가 찾는다는 말을 전해 들었다. 내리고 탄 것을 확인하고, 기를 흔들어 기차를 보낸 뒤 역사에 들어와 할머니를 맞았다.

"내가 그 집에 왔습니다. 처 할미 되는 사람이오."

여기까지면 족했다. 할머니와 엄마, 일꾼은 겨울이면 난로가 있고, 여름이면 그저 창문 활짝 열어두는 역 한쪽 나무의자에 잠시 앉아 있었다. 역장 노인은 들어왔던 곳으로 뛰어나가 마을로 가는 사람에게 외쳤다.

"승호 처가에서 손님 오셨다. 언능 가서 일러!"

잠시 후 할머니는 마중 나온 사람을 따라 엄마와 짐을 진 일꾼을 뒤에 세우고 마을로 왔다. 할머니가 가져온 짐은 참외와 떡, 과자 등속이었다. 몇 호 안 되는 마을에 가가호호 나눌 만큼 가져와서 시어머니는 여기저기 나눴다.

일꾼을 먼저 보내고 할머니와 엄마는 이틀을 자고 갔다. 여기서 나온 말이 아들 하나에 며느리는 여벌이오, 해서 혹 어머니가 둘째 부인인가 하는 의심도 쉬쉬하며 돌았다.

엄마는 딸네 집을 방문해서 입을 굳게 봉했다.

할머니의 거침없는 말들은, 빈촌에 사람 하나 보고 보냈으며 늬들이 성씨 좋아봤자 별수 없는 산비탈 마을인 데다 지금이 어떤 세상인데 차편이 이렇게 어려운 곳이냐는 멸시를 은연

중 담고 있었다. 엄마는 여전히 조용했다. 말해봤자 시어머니를 뛰어넘을 수 없으며 자칫 잘못하면 시어머니께 호된 꾸지람이나 들을 게 뻔했기 때문이다.

첩실들로 말하자면 엄마는 할머니와 사뭇 달랐다. 할머니는 할아버지의 여자를 꼼짝 못하게 잡았다. 어머니는 그러지 못했다. 인물로 보나 배운 것으로 보나 잡을 수 있는 성격도 아니고 잡힐 인물들도 아니었다. 엄마는 상처가 많았다. 긴 가슴앓이는 좀처럼 회복되지 않아서 밝은 얼굴과 큰 웃음을 잃었다.

아버지가 직장을 잃고 할아버지 터전으로 들어오면서 여성 편력도 한풀 꺾였지만 기회가 오면 언제라도 다시 돋을 수 있는 인물이라는 의심이 어머니에게는 있었다.

할머니와 엄마는 시어머니뿐 아니라 마을의 모든 사람에게 받을 수 있는 환대는 다 받았다. 이장까지 인사 오고 귀한 반찬거리라고 생각되는 것이 있으면 다 가져왔다.

작은 환송식이랄 만큼 마을 사람들이 기차역까지 나와 배웅을 했다. 할머니는 시어머니 손을 꼭 잡았다.

"사둔은 내 귀한 손녀에게 하늘에서 맞춰 보낸 시어머니시오. 아무쪼록 곱게 봐주시오."

이 말로 옴짝달싹 없이 사돈을 묶었다.

작은 몸피이나 오꿈한 눈과 실수 없는 언변으로 순진한 사돈부터 대부분의 마을 사람까지 사로잡고 할머니는 떠났다.

불의 기억

친구가 날이 춥다고 장작이 활활 타는 사진을 보냈다. 가을걷이
가 끝나고 이엉 엮어 초가지붕까지 이고 나면 함부로 던져두었
던 나무를 팼다. 어른들이 잘 쌓은 장작더미는 식량처럼 배부르
다 했다. 연료로 가장 흔한 것은 낟알을 털어낸 짚이었다. 잘 마
르기만 하면 짚은 곱게 탔고 때기도 쉬웠다. 맵겨는 방아 찧고
나온 벼의 껍질이다. 한 줌씩 던져주며 풀무질로 때는 데 기술
이 필요했다. 아궁이 속이 겨가 탄 재로 둥근 반원이 되고 한 줌
씩 던지며 연신 풀무를 돌렸다. 원이 너무 커져 솥에까지 닿으
려 하면 부지깽이로 허물고 다시 시작했다. 노련한 사람이 아니
면 어려운 일이었다.

제사 때는 나무도 깨끗한 것을 썼다. 들깻대나 참깻대, 뒷동

산에서 갈퀴질한 솔잎을 썼다. 짚은 아이들에게 맡기기는 좋았어도 불담이 세지 않아 한겨울에는 안 썼다. 그래도 명절 부근에 콩나물 기르는 데는 짚의 재가 반드시 필요했다. 군고구마도 순하게 타는 짚이 좋았다. 불담이 너무 센 나무는 겉이 숯덩이가 되어 손과 입에 까맣게 묻었다. 타지 않고 익은 것을 골라낼 때는 재가 적당히 식어 있는 짚이 좋았다.

콩대는 타면서 경쾌한 소리를 냈다. 고춧대는 탈 때 매웠다. 고춧대는 아이들에게 맡기지 않고 그 일을 견딜 수 있는 어른들이 주로 했다. 집 주변 울타리를 정비한 뒤 처진 것들이나 마당 쓸고 생긴 것, 아카시나무 같은 것은 쇠죽 끓이라고 외양간에 쟁였다.

부뚜막에 택 나간 접시 하나 두고 미처 꼬투리 속에서 못 빠져나온 콩을 줍거나 덜 훑은 벼 이삭을 곱게 담아두던 어머니. 이가들 재산 알뜰하게 불려주고 북망산 가셨다.

다시금 우리 환경이 그만큼 물러선다면 하는 생각을 하는 오후.

대밭이 있던 사람은 안다

죽순은 한 물, 두 물, 세 물 시간을 두고 돋는다.

전에는 많은 생활용품을 대나무로 만들었다. 바구니, 쭉정이나 검불을 까불러 가리는 키, 혼인할 때 이바지를 담는 석작 등. 사립문도 대였고 평상도 대로 만들었다. 바다에서는 김발이나 쐐기도 만들었다. 물론 대는 굵기가 굵은 왕대가 으뜸이었다. 아랫목 횃대도 되고, 빨랫줄을 받쳐주는 바지랑대도 되었다.

헌옷을 걸치고 논에 허수아비도 되고, 멍석에 널린 곡식을 지킬 때 닭을 쫓기도 했다. 다리 사이에 끼고 친구들과 기차놀이도 하고 불에 구워 썰매를 만들기도 했다. 가늘고 잘 휘는 것은 초가지붕의 끝을 눌러주는 기스락대로 쓰였다.

죽순이 날 때 함부로 대밭에 드나들지 못하게 했다. 떨어진 댓잎 속에서 이제 돋는 새순의 끝을 밟을 우려가 있어서였다.

지금 죽순 나물이 흔한 것은 대를 대체할 것이 많이 생겨서다. 세 물 죽순은 크기가 어렵다고 어른들이 말했다. 이미 한 물 두 물이 많이 자란 뒤고 그때는 들어가 세 물은 꺾어 먹었다.

여름이 되기 전 하는 일이 가지를 쳐주는 것이었다. 그사이 못 크거나 넘어진 것들을 정리했다. 어둡고 칙칙했던 대밭이 속까지 들여다보이는 때였다. 쳐낸 가지는 가지런히 묶어두었다가 마르면 땔감이 되었다. 그제야 주변에서 대나무에 치여 자라던 원추리가 해를 받고 짙어지면서 꽃대를 높이 올렸다. 큰 짐승이 포효하는 것처럼 주황색 꽃이 활짝 피었다. 떨어져 쌓여 썩는 댓잎 덕도 보는 듯 꽃은 크고 탐스러웠다.

비는 줄줄 오고 방에 갇혔다가 나와 기웃거려보면 마르는 중이었는지 썩는 중이었는지 은은한 김이 오르고 화려한 망태버섯이 여기저기 솟아 있었다. 해가 반짝하면 언제나 싶게 그물망을 둘렀던 모습이 금방 사라져 더욱 섬뜩하던 버섯이었다.

짚시랑물 조심해라

지붕이 짚으로 엮이던 시절, 묵은 것 벗겨내고 새로 엮은 이엉 얹으면 집이 이발한 아이처럼 단정하고 예뻤다. 날 궂으면 못 하는 일이라 가을걷이 다 하고 엮은 마름단을 쟁여두고도 늦어질 때가 있었다. 바람 없는 청명한 날 솜씨 좋은 아재들이 짚 한 뭇씩 옆구리에 차고 올라가 썩은 새를 걷어내고 돌돌 말아두었던 마름을 풀어 올라갔다. 그때 차고 올라간 군새는 더 많이 썩어 패인 부분에 쩔러넣어 전체적인 균형을 잡았다. 꼭대기는 용마름으로 마무리하고 끝을 기스락대로 단단하게 묶은 다음 잘 드는 낫으로 처마 끝을 베어주면 둥글고 덩실해졌다.

그해 일은 그걸로 끝났다. 지붕 이은 뒤 금상첨화로 비가 적당히 와주면 너풀거리는 머리에 기름을 바른 것처럼 잠재워졌다. 지붕에 얹는 재료는 농사를 짓고 남은 짚이었지만 그마저 마런하기 쉽지 않은 집들이 있었다. 내 땅 없이 품으로만 사는 이들은 제때 지붕을 바꾸기가 어려웠다. 그런 집은 기스락에서 떨어지는 낙숫물이 검붉었다. 무명옷이 주였던 때라 빨아도 잘 빠지지 않아 어른들은 꼭 한마디씩 했다.

장터로 가는 길의 건남이, 그 아래 행숙이, 가운데 뜸 공례 공님이, 나이가 아래던 미라랑 정숙이 그리고 우리 고샅의 영례, 전남, 점례가 있었다. 다 아버지가 일을 잘하던 사람들이었지만 고무신 장사가 짚신 한 짝 나막게 한 짝이더라고, 삯으로 식량은 굳혀도 우선 급하지 않은 짚을 사는 것은 미뤘던지 지붕이 꺼멓게 썩어 있었다. 질척거리는 마당을 딛고 친구 불러 좁은 방에서 놀았다. 집에서만 보내기에는 낮이 너무 길었다.

하루 종일 비가 오는 오늘. 도시의 포장도로에 흐르는 물을 보면서 낙숫물만 떠오를까. 그런 집의 고드름은 빨아 먹을 수도 없었지.

고요한 정읍, 고요했던 이모

스무 살 즈음 무겁고 우울한 마음을 안고 혼자 사는 이모 집에 갔다. 이모는 단칸방에서 바느질로 생계를 이어가고 있었다. 이른바 정읍의 바느질쟁이. 따로 배운 것은 아니고 자라면서 보고 익힌 것으로 밥벌이를 했다.

옷을 맡기거나 찾아가는 사람들로 댓돌의 신발들은 어지러웠다. 반찬은 없었는데 식사 때 숟갈 들고 모여 앉는 사람이 많았다. 따로 차려주는 사람 없이 누구든 반찬을 꺼내고 밥을 펐다. 시래기 볶음이 올라왔다. 이웃에서 얻은 시래기에 고깃간에서 옷을 맡기러 올 때 가져온 힘줄이며 뼈에 붙은 고기를 된장에 주물러 연탄불에 오래 올려둔 것이었다.

"우리 집 좋은 고기보다 여기 것이 더 맛나. 뭔 일인지 몰라."

고깃간 주인도 와서 먹었다.

이모는 한술 뜨는 둥 마는 둥 하다가 바늘을 머리에 문지르고 인두판을 무릎에 올리고는 일을 했다. 대나무 자가 반들거렸다. 골무, 실패…… 이모가 쓰는 물건은 무릎 언저리에 있었다. 주워 쓰고 내려놓고를 반복했다. 손이 안 닿는 것은 자로 당기거나 밀어두었다. 실밥이라도 털고 일어나는 것은 화장실에나 갈 때였다. 인두를 묻어두는 화로도 옹기로 만든 것이었다. 외가에 흔한 놋쇠 화로 하나 얻어오지 않았다. 방문하는 누구든 화로 옆에 앉고 불을 다독였다.

이모부는 월북했다. 이모가 친정 가고 없을 때 6·25가 터졌다. 원래 공산주의 사상을 가진 사람이었다고 했다. 결혼할 때는 몰랐다. 이모부는 늘 그런 책을 읽었다. 중매를 선 동료 교감 선생님을 찾아가 본인의 뜻을 말하고는 사라졌다.

남편이 오지 않는 집에서 얼마간 살다가 기다리더라도 여기서 기다리자 해서 친정인 외가에서 몇 년 살다가 독립했다. 친정 어머니는 있었지만 올케에게도, 커가는 조카들에게도 친정살이는 떳떳하지 못했다. 남편이 떠난 장성도 아니고 친정인 영광도 아닌 그러나 아주 멀리는 못 가고 정읍에 자리 잡은 채 오로지 할 줄 아는 바느질을 했다.

이모는 훗날 한 남자를 만났다. 외가에서는 그 남자를 미워했다. 이모부가 된 사람은 바느질하는 웃방에 앉아 신소리나 하는 사람이었다. 얼간이급 정서방이라고 외가에서는 입을 비틀었지만 그런 사람이니까 헤어지라는 말은 못 했다.

어느 날 이모가 울면서 외가 사람들에게 털어놓은 말이 있었다. 무슨 일이 있으면 형사들이 바느질집을 에워싼다는 것이다. 행여 떠난 남편이 간첩이 되어 접선이라도 할까봐 골목과 집 앞에 서 있는 사람이 많아서 큰 죄라도 지은 사람마냥 남들에게도 부끄럽다는 것이었다. 그래서 만난 사람이 그저 여편네 벌이에서 얻어먹고 사는, 외가에서 정가 놈이라고 부르는 남자였다. 이모는 놀고먹는 남편에게 불만이 없었다. 머리 좋고 공부 많이 해 훌쩍 곁을 떠난 첫 남편과는 정반대를 택하고 바느질하다가도 시간이 되면 벌떡 일어나 밥을 차려주더라고 다른 이모들은 흉을 보았다.

내가 갔을 때는 그마저 세상을 떠나고 없을 때였다. 여전히 이모는 등을 젊어지고 앉아 밤을 새웠다. 바느질삯은 박하고 일감이 줄을 서는 것도 아니어서 가끔 백양사나 내장사 스님들의 옷이랑 이부자리가 들어올 때 조금 여유가 생긴다고 했다.

내가 알아챈 사실은 이모가 수시로 약을 먹는 것이었다. 뇌신이라는 흰 가루약이었다. 일하다 말고 조용히 입에 털어넣고 옆에 놓인 물을 마셨다. 하루에도 여러 번이었다. 왜 먹냐고 물었다. 안 먹으면 두통이 힘들다고 했다.

이모도 안 계시다. 내가 올 때, 바느질 단골이 보답으로 갈아줬다는 화장품 세트에 이모가 번호를 써달라 했다. 순서를 잊기 때문이란다. 여자가 화장도 모르고 살았던 시간, 자는 둥 마는 둥 하고 이모는 등을 굽히고 앉아 바느질만 했다. 나는 맑은 화장수에 1번이라 쓰고 로션에 2번, 영양크림에는 3번이라 쓰면서 글씨가 먹히지 않아 여러 번 눌러 써주었다.

다시금 가본 정읍. 골목이 길고 꼭지만 달렸던 감나무가 있고 채마밭에 몇 포기 배추가 얼어 있던 낮은 기와집은 흔적이 없었다.

1977년

이런 여름도 산간 마을 옥정을 지났다. 조막만 하게 자란 정월배 약병아리를 목 비틀어 잡는 것은 시어머니였다. 남편 없고 아들 나가 있으니 거친 일 담당이었던 것이다. 체구가 작고 목소리 조용한 어머니가 남편에게 사랑받았다는 얘기는 시누들에게 누누이 들었던 바다. 녹두랑 찹쌀 한 줌 넣어 양은 솥에 안치고 물까지 맞춰주면 불은 내가 땠다. 좀 전까지도 펄펄 날던 닭은 털이 뽑혀 물에 잠기고 곧 고소한 냄새를 풍겼다. 마늘도 많이 넣어 되직하게 끓인 죽을 앞에 놓아준다고 나를 달랠 수 있었을까?

여름이 되면서 머리가 아프고 이내 토하는 일을 몇 번 했다. 시어머니가 생쌀을 갈아 탑탑한 뜨물을 주었다. 산중의 처방이었나보다. 그런 것을 약이라 받아먹고 천장을 보고 누워 눈물을 흘렸다. 발목에 채워진 현실을 마침내 깨달은 것이었을까? 지금 여기는 어디일까, 나는 어디로 가고 있을까.

어느 날도 그렇게 아팠는데 이번에는 녹두를 갈아 마시고 더욱더 토한 뒤 툇마루에 앉아 있었다. 식은땀으로 범벅이 될 만큼 흠뻑 젖어 허공을 보는 나에게 어머니는 말을 붙이지 못했다.

언젠가 명절 상차림을 되풀이하던 올케가 짚벼늘에 뒤통수를 기대고 우두커니 서 있던 때를 기억한다. 그리고 했던 말은 섣달그믐 새경을 받아 떠나던 일꾼이 부러웠다, 였다. 일 년만 살고 갈 수 있는 것이라면, 하던.

이후 아이들을 낳고 키우면서 두통과 토하는 것은 몇 번 더 있었지만 지금은 없어졌다. 생각해본다. 외풍에 맞설 만큼 질기고 쇠어져서가 아닐까 하고.

세상사

서울 애들이 먹기 어려운 것이라고 고민하여 가져온 것이 머위였네. 비닐에 담아 꼭 묶어 왔더니 저도 더웠나봐. 덜 싱싱하고 좀 센 느낌이었지. 껍질 벗겨내 된장, 고추장, 마늘, 깨, 참기름에 쪼물쪼물 해 한사코 약이라고 권했네. 우리 집서는 안 넣는 설탕도 조금 쳤지. 들큰한 것에 워낙 길들여진 것들이라 쓴맛 좀 감하려는 거였어. 다 맛나데. 아직 잎이 노골적으로 써질 때는 아니지. 좀더 자라면 껄끄런 잎은 버리고 굵어진 줄기만 껍질 벗겨 먹는 게 머위야.

　머위 들깨즙에 그럴 수 없이 새파랗게 끓여주던 동백예식장 고모 칭찬이 자자했지. 음식 잘하고 솜씨 좋던 사람으로 근동에 소문났어. 사돈네 팔촌이나 될까 말까 한 분이었는데 이종 언니들이 그렇게 부르니 나도 고모라 불렀던. 나 싸가지 없어. 동백예식장 고모 보고 얌전한 것도 아무 소용 없는 줄 아네. 그 집 아들들 내가 사는 아파트 같은 단지에서 학교 다녔어. 살림 단단해서 집 사서 자취 시키고 고모가 자주 드나들었어. 아, 내가 뭐라고 오실 적마다 불러 가져온 것 덜어주시는데 찰밥, 나물, 모싯잎 송편 등 셀 수 없이 많아.

둘째 아들 투자신탁에 취직했을 때 친정 아재 딸 소개시켜 결혼까지 했으니까 보답은 했다 쳐. 나도 이사하고 그들도 결혼과 함께 그 동네를 벗어나 소식이 뜸했지. 나중에 소식 들으니 말년이 형편없이 되었다는 거야. 세 아들 중 둘이 군청 다닌 아버지 퇴직금, 예식장 정리한 것을 사업한다고 이래저래 손 벌려 그만 길에 나앉을 지경이라는 거여.

중매하고 일 년쯤 뒤인가, 그 집과 사돈 된 아짐이 동백예식장 고모 칭찬을 침이 마르게 하더라고. 해온 반찬이 어쩌면 그렇게 간이 딱 맞는 데다, 딸이 낳은 애기를 직장 때문에 한 일 년 길러줬는데 시골이면서 모기 한 방 쏘인 자국 없이 토실토실하게 키워 데려왔더라고. 가끔 생각했어. 나물은 나물로 끝나고 아기 키우는 것도 거기까지인가. 속으로 하는 말 있지. 얌전 뚝뚝 떨어져봤자 뭐.

서울 나들이에 아이들과 걷는데 손잡은 딸이 놀라서 물어.

"엄마 손톱 왜 이래?"

"머위 나물 부드럽게 한다고 껍질 벗겼잖아. 엄지랑 검지 손톱이 까만 거야."

딸년이 자꾸 내 손을 만지작거리네.

친정 대밭에 머위가 휘했어. 내가 베면 어머니가 그랬지. 니 올케는 손톱 검어진다고 안 가져가더라. 한 살 위 내 올케가 그럴 때 나는, 손톱이 문젠가 먹고사는 게 크지 하고 베어 정부미 포대에 눌러 담아왔지. 얻어먹은 거 갚는 데 쓰기도 하고.

니 할머니 손이 이랬어. 이렇기만 했냐. 어루만져도 긁는 느낌이 날 정도로 껄껄하고 손톱마다 시커멨지. 그런 손으로 상추 겉절이 해주면 께름칙하기도 했어. 그런데 말이야, 요양병원에 계실 때 손이 말이야, 어찌나 곱고 부드럽던지. 고운 손 따로 없더라. 일손 놓으면 고와져. 이거 금방 없어져.

KTX 타고 이 글 쓰면서 왜 눈물은 나려 하나. 와글바글한 당최 맘에 안 드는 도시에 떨구고 온 셋째가 걸리는 건지, 비로소 다리 뻗고 누운 곳이 요양원이었던 양쪽 두 어머니가 없는 이

봄 두 손 머리 위로 올리고 싹싹 빌고 싶은 건지.

맞선의 추억

1970년대 중반, 그때의 여자 결혼 적령기는 스물다섯 전후였다. 연애를 하지 못했던 나는 누군가의 소개로 한 남자를 만났다. 남자 쪽에서는 고향 부근에 흩어져 산다는 여러 누나 중 한 사람이 선보는 자리에 따라 나왔다. 광주로 나오기 여러모로 편한 사람이었을 것으로 생각된다. 그 사람은 누나가 여럿이고 막내아들이었다. 누님 말로는, 벼 베는 날 논두렁에 뉘이고 일하는 중인데 출가한 큰언니가 와서 이렇게 동생을 놔두고 일만 하냐며 야단쳤다고 했다.

다 늦어서 난 귀한 아들은 서울에서 대학을 마치고 방송국에 근무하고 있었다. 따라 나왔던 사람들이 가고 우리는 광주에서 유명하다는 곳에서 밥을 먹었다. 지금 생각하면 명칭만 영어인 참 흐지부지한 음식이었다.

택시를 불러 드라이브를 한 뒤 찻집에 갔다. 나는 주로 읽은 책 얘기를 했고, 그는 가난을 딛고 서울까지 학교에 간 얘기를 했다. 그는 고속버스를 타고 돌아갔다. 함께 있는 시간이 지루하지 않았다.

집에서는 만나는 자리에 동행했던 아버지와 숙부가 내가 오기를 기다리고 있었다. 다른 곳에서도 선자리가 들어왔으니 그곳도 보자는 것이었다.

봄의 볕은 눈부시고 하루는 길었다. 집에서는 은근히 다른 사람과 결혼하기를 종용했다.

서울에 간 사람은 편지를 보내왔다. 아들이 취직을 하자 시골 생활을 정리하고 더운밥을 해주러 아들에게 간 어머니가 그 큰 얘기를 맘에 두고 있다는 것이었다. 무안에 살았던 어머니가 함평의 그 규수_{閨秀}를 생각한다지만 우리 집에서는 속 모르는 혼사라며 자꾸 제쳤다. 고루한 우리 집에서는 어쨌거나 속을 아는 혼사가 제일이라는 주장이었다.

시간이 지나자 몹시 우울한 편지를 받았다. 이 봄 제가 착각을 하는 것일까요, 로 시작되는.

결국 그쪽에서 원한다는, 올라와서 본격적으로 결혼을 의논

하자는 테이블에 앉지 못했다.

　시간이 흘러 아이들에 갇힌 나를 구해주는 것은 무엇이 됐든 간에 읽을거리였다. 신문도 처음부터 끝까지 읽었다. 어느 날 부음란에서 그 사람 이름을 보았다. 어머니 상이었다. 서울 집에 72세의 어머니와 10만 원짜리 텔레비전이 전 재산입니다, 했던.
　시간이 또 흘러 아이들 재도 털고 무엇을 배운다고 하면서 다닐 때였다. 끝나면 밥도 먹고 차도 마셨다. 그중 한 사람이 방송국 남자였다. 무심히 그쪽에 근무하는 사람과 선본 적이 있다고 했다. 이름을 묻길래 말했다. 엉망진창인 내 기억이 그날은 명료해졌던 모양이다.

　이튿날 방송국 남자가 하는 말이, 어젯밤 연락망을 뒤져 통화를 했다고 했다.
　"지금은 ○○ 지역에 근무하시는데요. 혹시 그쪽에 오실 일 있으면 한번 들르라고 하셨습니다."
　한 번도 가본 적 없는 도시 ○○를 가끔 생각했다. 그 일 이후 또 10년이 지나 여행 중이었다.
　"여기가 어디우?"
　조금 졸고 난 후 물었다.

"○○이야."

번쩍 정신이 들었는데 차는 이미 그 도시를 지나치고 있었다.

봄조차 가려 하는군요

낮은 길고, 허우적거리는 꿈처럼 이뤄지는 것 없던 봄이었다. 30년 전쯤 일이려나. 아이들이 학교에 간 시간, 벚꽃이 피고 땅에서는 온갖 풀이 하루가 다르게 자라는 집 주변을 걷고 있었다. 우리 아파트 건너 동에 사는 선생님을 만났다. 큰딸의 고교 선생님이며 남편과도 잘 아는 여자 선생님이다. 특유의 호탕한 음성으로

"지원이 대학 갔는데 또 수험생 있소? 밤이면 거실에 불이 안 꺼집디다."

애들 아빠에게는 누나 같고 내게도 언니 같던 그분 앞에서 얼른 대답을 못 하고 그만 눈물이 터졌다.

"왜 그래요? 왜 그래?"

그때는 나에게 전부였으며 이거 빼놓고는 인생의 의미도 없고

살아갈 이유도 없다고 여겼던 게 있었다. 안겨 울면서 소설을 쓴다고 고백했다.

훗날 조그만 사업을 한다고 했을 때 그때처럼 등을 두들겨주었다. 말없이 고개를 끄덕이며 안아주던 때와는 달리

"잘했소. 육체노동은 되어도 몸이 덜 삭을 것이오."

덜 삭아 이쯤일까? 차라리 울던 때가 사무치게 그리운걸.

배 봉지가 된 일기장

일기를 날마다 쓸 때는 외로움이 깊을 때였다. 스프링노트에 쓰면서 거듭 쓸수록 쓸 것이 많아져 여러 권이 쌓였다.

가족조차 양에 차지 않아 고약해지던 아버지. 마을에서나마 제일이라는 말을 끝까지 듣고 싶어 비교와 경쟁으로 성정이 곤두섰던 할머니. 술이 과한 내림. 농사만으로는 만족할 수 없었던 시대의 변화에서 오는 결핍감들을 나름대로 꾹꾹 눌러 썼다.

생각하면 용기가 부족했다. 그 집 딸, 외동딸, 이게 밖에서 보는 나였다. 순전히 식구들의 허세가 보태져 내가 만들어졌지만 나 또한 범위를 지켜야 하는 강박관념이 있었다. 나는 걷는 길 중간 중간이 거짓의 다리라는 생각도 했다.

"식탁을 털고 나부끼는 머리를 하고."

이 시구는 내내 가슴에 움켜쥐고 있었지만 꺼내지는 못했다.

벗어나고 싶은 집이기도 했다. 결혼 날을 받았을 때 할머니가 엄마한테 한 말.

"날마다 더운밥 지어줘라. 끼니 수 세어보게 남았다. 보낼 때까지 손에 물 묻히게 하지 마라."

날 받고는 버릴 것 버리고, 가져갈 것 고르며 시간을 보냈다. 국과 나물, 생선이라도 오른 상이 세끼 바쳐졌다.

사월 십칠일.

시 속에서처럼 기차가 지나가버리는 마을이 시집이었다. 가풍을 익히라고 산비탈 빈촌에서 몇 개월 살게 했다. 망초꽃 꺾어다 꽂고 일요일에 오는 신랑을 두근두근 맞았다.

몇 년이 지나 일기를 이어가고 싶었다.

"엄마, 내가 대청 찬장 위에 일기 두었는데."

엄마는 놀라며,

"필요한 거라면 진즉 가져가지. 고모가 배 봉지 싼다고 신문지랑 함께 가져갔다."

봄날 배꽃 지고 솎아내고 남은 것 잘 키운다고 봉지 씌울 때 내 일기도 그것들 키우는 데 들어가버렸다. 그래서 내 꿈이 중단된 걸까.

역사는 흘러가고

1977년 4월 결혼을 했다. 중매였다. 그때, 내가 왜

　"할머니, 나 시집이나 갈래."

했을까. 내가 끄적거리던 글은 누구 말마따나 그 원고지에 코도 못 풀 수준에서 벗어나지 못하고 그놈의 체면이 뭔지 어른들은 나를 바깥에 나다니지도 못하게 가둬놓았다. 내놓을 것이라고는 '밤 마실 한번 안 가는 요새 없는 참한 규수'였다.

　그것도 남이 말하는 것이 아니라 우리 집에서 광고하는 말이었다. 부랴부랴 방하듯 내놓아 선 본 두 남자 중 한 사람과 혼인했다. 내 뜻이 존중된 것이 아니라 가족들 입김이 더 컸다.

　아무튼 몇 주년 홍콩 여행도 다녀오고 회갑기념 미주 여행도 했다. 이만하면 뭐 됐다, 가 아니다. 그 긴 억압의 결과가 그만

눌러앉아 나를 변화시켰다고 본다면 퇴직한 영감탱이가 발끈하려나?

이 말을 하고자 하는 것이 아니다. 결혼해서 가풍 익히라고 반년 살라 했는데 그 마을이 산비탈의 숭악한 민촌이었다. 놀라운 사실은 여자들이 다 대처의 괜찮은 집에서 이 산중으로 시집들을 온 것이었다. 굶기도 하고 친정 가면 식량을 얻어오기도 했다는 말은 거의 이 집 저 집의 공통된 과거사였다.

양반이어서, 양반 혼사하려는 사람이 많아 그 마을 사람들은 가진 것 없이도 결혼을 잘 했다. 그러나 내가 들어갔을 때쯤 젊어서는 처가 것, 어려서는 외가 것을 누리던 사회가 바뀌고 있었다. 명주바지만 고집하고 낮잠 자는 것이 일이었던 게으른 어른들은 이제 빈곤을 면치 못하게 되었다.

그런데 기막힌 것은 거기서 태어난 자식들이 한결같이 효자라는 점이었다. 제 능력이기도 하고 혹은 외가의 끈으로 대처에 나간 그 자식들은 삼강오륜에 아주 충실했다. 월급 타면 꾸실꾸실한 종이돈을 부모님께 남김없이 바쳤다. 마을의 유행이었고 당연지사였다. 주택을 개량하고 논밭을 샀다. 그다음이 결혼 준비고 본인 치레였다.

지금 같으면 당치도 않을 역사가 흘러갔다.

무슨 가풍을 익힌다고

그 집 며느리 쓸 만한 집에서 들여 얌전타 말 듣는 것이 시어머니를 더할 나위 없이 흡족하게 하는 일이었다.

마루에 송홧가루 쌓이는 봄이었다. 집 안 청소하고 마루에 소반 둔 채 책도 보고 남편에게 편지도 썼다. 그리고 더운밥 지어 어머니랑 중학생 시누랑 먹었다. 남편이 오는 토요일, 시어머니는 장에 나가 반찬거리를 사왔다.

남편의 직장은 부산이었다. 전화가 없던 때, 온다는 연락은 먼저 편지로 왔다. 남편이 오면 광주에 나가 영화를 보기도 했다.

어느 날 광주에 나와 시간을 보내고 나를 먼저 시댁 가는 기차에 태워 보내면서 그는 버스터미널로 갔다. 가기 전 미안해했다.

"가을에는 방 구할게."

"내 걱정 말아요. 사랑해주는 어머니가 계시잖아요. 셋방에 두고 중동에 근로자로 가는 사람도 있잖아요."

보기 드문 착한 새댁이었을까, 아니면 그 봄 지어낸 말을 하고 있었을까.

쓰지 않으면 죽을 거 같아서

: 당신과 내 삶에 대한 이야기

ⓒ 이혜숙

1판 1쇄 2020년 3월 16일
1판 2쇄 2020년 4월 21일

지은이 이혜숙
펴낸이 강성민
편집장 이은혜
마케팅 정민호 김도윤 고희수
홍보 김희숙 김상만 지문희 우상희 김현지

펴낸곳 ㈜글항아리 | 출판등록 2009년 1월 19일 제406-2009-000002호
주소 10881 경기도 파주시 회동길 210
전자우편 bookpot@hanmail.net
전화번호 031-955-1936(편집부) 031-955-2696(마케팅)
팩스 031-955-2557

ISBN 978-89-6735-762-7 03800

글항아리는 ㈜문학동네의 계열사입니다.
이 책의 판권은 지은이와 글항아리에 있습니다.
이 책 내용의 전부 또는 일부를 재사용하려면 반드시 양측의 서면 동의를 받아야 합니다.

이 도서의 국립중앙도서관 출판예정도서목록(CIP)은 서지정보유통지원시스템
홈페이지(http://seoji.nl.go.kr)와 국가자료종합목록 구축시스템(http://kolis-net.nl.go.kr)에서
이용하실 수 있습니다. (CIP제어번호 : CIP2020008826)

잘못된 책은 구입하신 서점에서 교환해드립니다.
기타 교환 문의 031-955-2661, 3580

geulhangari.com